LE LUTTEUR DE SUMO

DANIEL PICOULY

LE LUTTEUR DE SUMO

Illustrations de
MARCELINO TRUONG

Castor Poche Flammarion

Daniel Picouly

«Je suis né à Villemomble dans la banlieue parisienne en 1948, c'est du moins ce que prétend ma carte d'identité. Mais, en vérité, je suis arrivé en haut d'un cerisier, dans une famille assez nombreuse pour former, à elle toute seule, une équipe de football. Moi, j'étais le numéro 11.

«Grimpé dans mon cerisier, j'ai commencé à raconter des histoires à mes deux petites sœurs. Bien plus tard, tout en faisant le professeur, j'ai écrit des romans policiers pour les grands. C'est dans un de ces romans que j'ai rencontré Hondo. Depuis je ne peux plus le quitter. Alors je raconte ses aventures avec ses trois amis, dans le XIXe arrondissement de Paris. C'est là qu'il habite, comme moi. Parfois, quand je me promène dans le quartier, je croise Hondo qui rêve. Mais je n'ose jamais lui dire qu'il risque d'attraper froid à force d'oublier de nouer son écharpe écossaise. Tant pis, je le ferai moi-même dans la prochaine histoire.»

Du même auteur dans la collection Castor Poche :
Cauchemar pirate, n° 538 ;
Le champ de personne, n°590 ;
La coupe du monde n'aura pas lieu ! n°643.

Marcelino Truong

L'illustrateur est né en 1957 à Manille (capitale des Philippines), d'un père viêtnamien et d'une mère française. Il passe une enfance voyageuse au Viêt-nam, aux Etats-Unis et en Angleterre. Après Sciences-po, l'agrégation d'anglais et d'innombrables petits métiers, à vingt-cinq ans, il choisit la vie d'artiste. Il a appris le métier d'illustrateur sur le tas en multipliant les collaborations dans la presse, l'édition et la publicité. Marcelino Truong a illustré de nombreux livres pour la jeunesse chez différents éditeurs, ainsi qu'une bande dessinée sur le Viêt-nam des années vingt.

Il se consacre aussi à la peinture avec un thème de prédilection, le Viêt-nam, où il se rend régulièrement. Il vit à Paris, avec sa femme et ses deux filles, qui montrent déjà d'évidentes dispositions pour le dessin.

1. Le balcon

Hondo faillit hurler. Il venait de voir là-haut, au dixième étage de sa tour, une grosse dame blanche qui semblait suspendue au-dessus du vide dans la nuit. Elle était avancée sur un minuscule balcon et ressemblait à une petite mariée en plastique au sommet d'un immense gâteau à la crème.

Elle allait tomber. Hondo eut peur. Il sentit son cri remonter de son ventre, traverser sa poitrine et se glisser derrière sa pomme d'Adam. Pour l'arrêter, il plongea deux doigts dans sa gorge comme son père lui avait appris pour vomir quand il avait mangé trop de crème brûlée.

Il hoqueta, toussa, ses yeux pleuraient, mais heureusement le cri resta coincé dans sa gorge.

Hondo savait que, s'il criait, la grosse dame blanche allait tomber du balcon. Elle était certainement somnambule, se réveillerait en sursaut et basculerait par-dessus la rambarde.

Hondo avait déjà vu des morts, mais pas des morts qui tombent.

Il fixa la grosse dame blanche comme pour la retenir avec ses yeux. C'est comme ça qu'il faut faire au cirque pour que les funambules ne tombent pas de leur fil. Derrière ses larmes, Hondo distinguait à peine la grosse dame blanche tout là-haut. Pourtant cette forme lui rappelait quelque chose, plutôt quelqu'un. Mais la peur transformait son cerveau en île flottante et sa mémoire se noyait dans la crème anglaise.

Puis, tout à coup, il reconnut... Musique !... C'était Musique qui était là-haut sur le balcon. Musique, son amie. Musique qui lui servait de maîtresse d'école. Musique qui lui apprenait tout sur les mots, les pays, les chiffres, les fleurs et les ours de l'Oural.

Grâce à elle il savait comment fabriquer un piège avec des rondins et un morceau de viande qui sent mauvais pour les attraper sans leur faire de mal.

Mais pourquoi Musique voulait-elle tomber du balcon ? C'est vrai que, depuis quelques jours, elle ne parlait plus, ne mangeait plus, ne rangeait plus sa maison et ne brodait même plus les belles robes de mariée qu'elle fabriquait chez elle. Des robes de soie avec des fils d'argent qui dessinent des roses et des lys.

Hondo noua ses lacets de baskets et courut dans l'entrée de la tour jusqu'à l'ascenseur. Bien sûr, il était au trentième étage ! Ou encore coincé au septième par le père Meynart qui le fait exprès pour le garder pour lui tout seul. Un jour, le père Meynart habitera dans l'ascenseur, y dormira, y fera chauffer son café, et tout le monde devra prendre les escaliers à cause de lui... À bas Meynart !...

Non, l'ascenseur arrivait déjà. Merci, monsieur l'ascenseur !

Hondo appuya sur le bouton du dixième et se mit à courir sur place pour aller plus vite. C'était son copain Édito qui disait qu'il y avait un « transfert d'énergie » vers la cabine quand on courait dedans. Il l'avait lu dans un journal. C'était idiot comme idée, mais on ne savait jamais avec Édito. Dixième ! Déjà ! Édito avait peut-être raison et les journaux aussi. Hondo était en sueur. Sa main tremblait et la clef ne voulait pas entrer dans la serrure. Cette clef n'en faisait qu'à sa tête.

Et si Musique tombait du balcon pendant ce temps-là ?

Allez, la clef ! Allez, entre ! Rien à faire !

Zut ! Il s'était encore trompé de clef. La fine avec quatre dents, c'était celle de chez lui ! Celle de Musique avait six dents. Ça y était, ça tournait ! Vive les dents ! Pourvu que Musique n'ait pas mis la chaîne. Quelque chose bloquait ! Non, ça ouvrait ! Hondo poussa un cri de guerrier yuruba heureux... Houagha !... Il traversa l'appartement en deux secondes, cinq dixièmes. C'était facile, Musique avait fait de grands trous dans les murs pour pouvoir se déplacer. Les portes étaient trop petites pour elle. La balance disait qu'elle pesait cent trente kilos, mais l'aiguille ne pouvait pas aller plus loin. Alors on ne savait pas le vrai poids de Musique. Mais on s'en fichait. Elle pesait beaucoup, c'était tout. En tout cas, beaucoup trop pour ce petit balcon.

Hondo la voyait de dos. Il s'arrêta net et retint son souffle. Il allait s'avancer sans faire de bruit comme à « Un deux trois soleil ». Il aimait bien ce jeu... Trois pas de libellule, un gentil pas de fourmi et un pas de caméléon invisible... Hondo toucha l'épaule de Musique... Soleil !... Elle se retourna. Son regard semblait être tombé dans le vide. Hondo la prit doucement par la main. Très doucement. Ses doigts étaient en porcelaine. Elle résista. Le cœur de Hondo battit comme les ailes d'un bengali en cage. Le balcon allait s'effondrer. Il serait emporté avec Musique dans sa chute. Ils voleraient tous les deux au-dessus du kiosque du square de la place Bitche et iraient atterrir chacun sur un clocher de l'église Saint-Jacques Saint-Christophe. Hondo choisirait Saint-Christophe, celui qui portait un petit

garçon sur l'épaule. Mais comment faisait-on pour descendre d'un clocher ? Impossible. Hondo serait transformé en gargouille de pierre. Et quand il pleuvrait, l'eau coulerait par sa bouche.

Hondo eut envie de vomir, mais ce n'était pas le moment, Musique avait besoin de lui. Il entendait déjà la rambarde du balcon craquer. Et à bien y réfléchir, il n'était pas certain de savoir très bien voler en ce moment.

Hondo tira un peu plus fort sur la main de Musique. Et Musique vint.

Elle fit un pas. Un pas de microbe, mais un pas de microbe géant ! Musique était maintenant sur la terre ferme. Sauvée ! Hondo était rassuré et fier. Il se sentait comme le petit Khalanaï quand il mène Hanga kahn, son énorme éléphant.

Elephant Boy était son film préféré. Le petit garçon hindou lui ressemblait, paraît-il, sauf que Hondo n'arrivait toujours pas à se faire de turban comme lui avec une serviette de toilette.

Hondo avait emmené Musique s'asseoir sur son grand fauteuil d'osier qui lui faisait comme un trône. Son regard n'était toujours pas revenu dans ses yeux. Elle tenait un cadre en bambou plaqué contre sa poitrine.

— Tu aurais pu tomber. Il est pas solide, ce balcon.

Hondo savait bien que ça ne servait à rien de dire ça à Musique quand elle était comme ça.

« Comme ça », ça voulait dire toute vide et silencieuse, avec des yeux qui ne reconnaissent personne. Même pas Hondo.

2. Le cadre de bambou

Musique n'avait pas touché au repas que Hondo lui avait préparé. Du fromage blanc à l'ail et au persil, une salade pamplemousse-avocat, et une crème brûlée à l'orange. Pourtant elle aimait les desserts. Musique était même gourmande... *Ce n'est pas moi qui suis gourmande, c'est ma bouche !...* C'est ce qu'elle disait en faisant un clin d'œil. Ça, c'était quand elle parlait. Mais ce soir, elle restait silencieuse et fixait ce cadre en bambou. Il devait y avoir une photographie à l'intérieur. Mais quelle photo ? Une photo de qui ?

Son père le commissaire, lui aussi, restait parfois tout seul au salon à fixer en silence une photo sur le mur. Celle d'une belle dame brune au regard en colère. Mais, dès que Hondo arrivait dans la pièce, son père lui souriait et retrouvait ces yeux qu'il n'avait que pour lui.

Musique, elle, fixait Hondo comme s'il n'était pas là. Son regard passait à travers. Il se sentit tout nu comme à une visite médicale, avec un gros trou dans la poitrine.

Qu'est-ce qu'il pouvait bien y avoir sur cette photo ?

Qu'est-ce qu'il pouvait bien y avoir de si important, pour faire disparaître même son ami ?

Hondo sentit qu'il ne pourrait jamais répondre tout seul à une si grosse question. Il avait besoin d'un avis, d'un conseil. Son père n'était pas là, ce soir. Il enquêtait sur une affaire rue de Crimée. Il lui avait laissé un mot accroché sur le portemanteau perroquet de l'entrée. C'était leur façon de se parler quand ils n'étaient pas ensemble. Son père disait : « Je laisserai un mot au perroquet. » Et le perroquet lui répétait exactement ce que son père avait dit. Par exemple : « Si tu retrouves mon AS, range-la à sa place... » Son père perdait toujours son arme de service, mais Hondo la retrouvait chaque fois.

C'était plus facile de retrouver l'arme de son père que de comprendre ce qui se passait pour Musique. Et cette fois Hondo ne comprenait pas. Il avait l'impression que son cerveau était soudain devenu trop petit à force de tourner dans son crâne comme dans le tambour d'une machine à laver. Son cerveau avait certainement rétréci au lavage... *Un homme seul est toujours en mauvaise compagnie...* C'est ce que disait son père. Hondo n'était pas certain de comprendre cette formule, mais ça voulait certainement dire qu'en cas de pépin on avait besoin de ses amis. Et là, c'était un gros, un très gros pépin. Hondo trouvait que « pépin » était un mot magique. On plantait un pépin et il poussait une solution.

Hondo venait de trouver la solution !

Il décida de convoquer une réunion extraordinaire et immédiate du Club des Ruines.

Le Club des Ruines c'était premièrement un club composé de Jo, Édito et lui comme membres fondateurs et uniques. Et deuxièmement des ruines : celles de l'entrepôt qui avait brûlé au bord du canal, juste à côté de la grande tour blanche. C'est là qu'ils se réunissaient en secret quand l'un d'entre eux avait un ennui, un problème, un pépin, ou le cerveau qui rétrécit au lavage.

Il fallait faire vite.

Hondo savait que Musique resterait des heures, silencieuse sans bouger à regarder cette photographie. Un jour elle se transformerait en bouddha porcelaine. Elle tomberait et se briserait comme un pied de lampe. Hondo ne voulait pas. Il ferma bien toutes les fenêtres et demanda aux murs, au sol et au plafond de bien veiller sur son amie. Puis il quitta l'appartement en jetant du sel par-dessus son épaule pour chasser les mauvais esprits.

Avec tout ça, s'il arrivait quelque chose à Musique...

10, 9, 8, 7, 6, 5, 4, 3, 2, 1, RC !

En bas de la tour, Hondo traversa la rue et entra par un passage à lui dans les ruines de l'entrepôt. Il faisait nuit.

atlas

Hondo avait l'impression que toutes les fenêtres des immeubles du quartier s'étaient éclairées pour le protéger. Il s'installa à la place habituelle au bord de l'eau et disposa trois bougies en triangle sur une grosse pierre plate. Il alluma la plus haute. C'est comme ça que devait faire le premier arrivé. Puis Hondo attendit.

Le deuxième qui arriva fut Édito. On reconnaissait son pas. Ses semelles claquaient comme s'il portait des palmes. D'ailleurs, Édito donnait toujours l'impression d'être un pêcheur sous-marin qui surgit de l'eau avec un mérou au bout de son harpon.

— Hondo, tu as vu ? C'est la pleine lune. Ça veut dire que les gens peuvent avoir des idées bizarres. Je l'ai lu dans le journal.

Édito ne croyait que ce qu'il lisait dans le journal. Tout le reste lui paraissait étrange et suspect. Il avait son carnet à la main pour les idées qui lui venaient. Et il lui en venait beaucoup.

Édito s'assit et alluma la bougie de taille moyenne.

— Je me demande où Jo s'est perdu cette fois-ci ?

Édito eut sa réponse tout de suite.

— Vous ne me croirez pas, les gars, je me suis perdu dans ma salle de bains !

Hondo et Édito le croyaient. Jo avait déjà réussi bien mieux que ça.

— Et comment tu as fait pour te retrouver ?

— Facile, Édito, j'ai fait couler de l'eau dans le lavabo pour savoir dans quel hémisphère j'étais. Ça tournait dans le sens des aiguilles d'une montre. C'était bien l'hémisphère Nord. Après, grâce à mon atlas, j'ai retrouvé l'Europe. La France, c'est facile : elle a un grand nez. Pour Paris il suffit de suivre la Seine. Alors, quand j'ai vu le canal de l'Ourcq, j'ai reconnu mon immeuble. Heureusement, la porte-fenêtre du balcon était ouverte. Ça a été simple de retrouver la salle de bains. Elle est au fond du couloir. Et moi, j'étais enfermé dans la cabine de douche.

Hondo et Édito riaient. Heureusement que Jo avait toujours son énorme atlas avec lui, sinon, ils ne le retrouveraient jamais.

Jo alluma la petite bougie.

— La séance peut commencer. Nous sommes au complet.

Édito avait prononcé la formule habituelle. Mais tous les trois savaient bien que ce n'était pas vraiment vrai. Ils n'étaient pas au complet.

Si ! Car, pas très loin dans l'obscurité, on venait d'entendre un petit froissement de robe. On sentit une légère odeur de mandarine. C'était Faussette, la fille de la gardienne de la grande tour. Elle était plus petite que Hondo, Édito et Jo. Ce qui veut seulement dire que l'âge ne compte pas pour beaucoup.

Les trois garçons firent comme s'ils n'avaient rien entendu ni rien senti, mais leurs yeux souriaient de la même façon. Ils aimaient bien Faussette, même si elle ne faisait pas partie du Club des Ruines. Faussette les aimait tous, mais c'est avec Hondo qu'un jour elle se marierait. Hondo ne le savait pas encore. Les garçons, ça ne sait pas tout. Faussette sortit sa boîte de pastels pour dessiner le silence de la nuit.

— C'est à toi, Édito.

— Je déclare ouverte la cinquante-cinquième séance du Club des Ruines.

Édito prononça les paroles rituelles et posa la question de chaque début de séance.

— Y a-t-il un membre qui veuille inscrire une question prioritaire à l'ordre du jour ?

Hondo leva la main. Édito lui donna la parole.

— Je voudrais savoir comment on empêche quelqu'un de se laisser mourir.

La question de Hondo laissa Jo et Édito complètement ahuris. Mais le dernier arrivé devait répondre avant que la petite bougie ne s'éteigne. C'était la règle au Club. Jo se racla la gorge pour gagner du temps.

— Quelqu'un qui est comme ça, c'est comme quelqu'un qui est perdu, qui a un atlas et qui ne veut pas l'ouvrir pour chercher son chemin.

— J'ai lu dans le journal que ça arrivait chez les grands, quand ils avaient un chagrin trop grand pour eux. Surtout quand les étoiles sont mal rangées dans le ciel. Comme ce soir.

Hondo écoutait. Les réponses de Jo et Édito ne l'avançaient pas beaucoup. Mais les réponses, c'était pas toujours fait pour répondre.

— C'est qui, le quelqu'un ?

— Musique !

Jo et Édito se regardèrent comme des Martiens dans une publicité. Musique ! Ce n'était pas possible. Musique n'avait plus envie de vivre. Leur Musique ! Celle qui les emmenait se promener le long du canal dans sa camionnette vitrée comme un aquarium en chantant des chansons de Bobby Lapointe : *La maman des poissons, elle est bien gentille !* et en riant plus fort qu'une volière de perruches de toutes les couleurs !

— Tu es sûr, Hondo ?

— Elle est peut-être malade.

Hondo dut tout raconter en détail à ses amis... *Elle est amoureuse...* Chacun se lança dans une explication savante... *Elle est amoureuse, c'est pourtant simple...* Les planètes, la pollution, la chaleur, les soucis... *Elle est amoureuse ! Amoureuse ! Amoureuse !...* Il faudrait appeler un docteur, les pompiers, le SAMU... *Elle est amoureuse ! A-moureuse !...*

Faussette répétait et répétait cette phrase dans sa tête.

Mais les garçons, ça n'entendait jamais rien ! Ça croyait tout savoir et ça ne comprenait rien. Musique était amoureuse. C'était pourtant simple. Et eux, ils continuaient à discuter.

— Tu as raison, Édito, il faudrait le cadre de bambou pour voir ce qu'il y a sur cette photographie.

Faussette, dans son coin, haussa les épaules. C'était pourtant facile de deviner qui était sur cette photo : son amoureux, pardi ! Elle se leva, rangea ses crayons de couleur et disparut dans l'obscurité des ruines. Vraiment les garçons étaient trop bêtes, ce soir !

Hondo, Jo et Édito sentirent l'odeur de mandarine se sauver. Faussette partait ! Chacun se demanda quelle bêtise il avait pu dire. Mais tant pis, la troisième bougie brûlait encore. On ne pouvait pas interrompre la séance du Club tant que la flamme n'était pas éteinte. Même si Faussette était vraiment trop petite pour se promener comme ça, toute seule dans la nuit. Hondo, Jo et Édito se regardaient, très embêtés. Ils soupirèrent tous les trois ensemble. Peut-être un peu fort. Toujours est-il que le petit courant d'air souffla la troisième bougie. Édito sauta sur l'occasion.

— Un proverbe dit : le vent du hasard a toujours raison. Aussi, je déclare « clos par nécessité » les travaux de la cinquante-cinquième séance du Club des Ruines.

Les trois se levèrent et se précipitèrent à la suite de Faussette. Elle avait disparu. La rue était vide, mais ils la regardaient, la bouche ouverte, comme si Faussette allait réapparaître en surgissant de la plaque d'égout. Hondo sentit un petit pincement au cœur. C'est comme ça que Musique regardait la photo du cadre de bambou ! Les mêmes yeux vides prêts à se remplir d'un seul coup.

Hondo, Jo et Édito se donnèrent rendez-vous le lendemain soir. Hondo, lui, savait ce qu'il avait à faire.

L'ascenseur était encore bloqué par le père Meynart. Hondo dut monter chez

Musique à pied. Sur la porte, un dessin était punaisé. Un dessin au pastel. On y voyait dans un cadre imitant le roseau un petit garçon marron, avec un duffle-coat bleu, des baskets rouges, et une écharpe avec des traits verts et jaunes pour faire écossais. Hondo trouva que ce portrait lui ressemblait beaucoup, sauf que son duffle-coat était gris. Mais les crayons gris, ça n'existe pas. Il n'y avait pas de signature, mais Hondo savait qui avait dessiné.

Il entra chez Musique. Elle dormait dans l'obscurité sur son trône d'osier, en serrant le cadre de bambou sur son cœur. Musique faisait des petits bruits avec sa bouche comme pour imiter une vieille voiture. Peut-être des borborygmes. Musique lui avait appris ce mot-là. Hondo s'approcha doucement d'elle et tira délicatement le cadre. Il y eut de gros bruits, comme si la teuf-teuf allait caler ou exploser, mais Musique ne se réveilla pas. Ça y est, Hondo se dit qu'il confondait encore « borborygme » et « onomatopée » ! C'étaient vraiment de drôles de tribus d'Indiens, les mots.

On ne les reconnait jamais avec leurs peintures de guerre.

Hondo emporta le cadre vers la fenêtre du balcon pour mieux le voir. Il hésita un instant. Ce n'était peut-être pas bien. Et si c'était un secret !... Je vais aller le reposer sans le regarder. C'est mieux... Mais Hondo aperçut par la fenêtre le grand vide au-dessus duquel Musique était suspendue tout à l'heure. Il se rappela sa peur et retourna le cadre.

À l'intérieur, un article découpé dans un journal. On ne pouvait lire qu'une partie du titre... LE CHOC DES... Édito aurait tout de suite reconstitué le titre, l'article et même le journal en entier jusqu'aux petites annonces. Hondo ôta le fond du cadre et déplia la coupure de presse. C'est comme ça que disait Édito.

En grosses lettres : LE CHOC DES IDOLES. En dessous, il y avait une photo avec un énorme lutteur de sumo qui portait dans ses bras la chanteuse Stella : *l'idole des enfants*, comme disait la légende. Elle paraissait minuscule et légère dans ses bras. La photo avait été prise devant une sorte de voiture militaire. On pouvait lire une partie du numéro d'immatriculation : 843 H...

Pourquoi cet article était-il si précieux pour Musique ?

Hondo le lut entièrement. On y parlait de la rencontre entre Stella, « l'idole des enfants », qui préparait actuellement sa rentrée au Zénith de Paris, et Takano, « l'idole du sumo », grand favori du tournoi de Bercy dont la finale avait lieu ce soir. Hondo ne voyait pas le rapport entre les deux idoles et Musique. Surtout qu'il n'était pas certain de connaître le vrai sens du mot « idole ».

Hondo replia l'article et le remit dans son cadre. Musique dormait toujours sur son trône d'osier avec de jolis petits teuf ! teuf ! Hondo glissa le plus délicatement possible le cadre de bambou contre le cœur de Musique. Elle le serra comme Hondo le faisait avec sa lance de guerrier yuruba, les soirs où il voulait rêver d'Afrique et de chasse aux lions. Aussitôt le visage de Musique donna l'impression de devenir encore plus lisse et plus doux.

Hondo ne comprenait rien à cette histoire d'article de journal, de lutteur de sumo et de chanteuse.

Il fallait convoquer une séance extra-extraordinaire du Club !

Le règlement le permettait en cas de danger pour la vie d'un membre ou d'un ami de membre. C'était le cas ! Musique était l'amie de tous.

3. Le Club des Ruines

Hondo retourna au bord du canal. L'odeur de mandarine était déjà là et attendait dans l'obscurité. Jo arriva, l'atlas sous le bras. Son pyjama dépassait de son chandail.

— Formidable ! C'est la première fois que je n'ai pas eu le temps de me perdre entre deux séances du Club.

Il alluma la bougie moyenne. Édito tarda un peu.

— Désolé, je classais mes journaux. Je prépare un grand dossier sur les mages.

En ce moment, Édito était dans sa période « Voyance ». Il changeait très souvent de période. Plus souvent que de tee-shirt, disait sa mère.

— Avec tous ces contrôles en classe, j'ai deux mois de classement de retard. Depuis le temps, les maîtres devraient le savoir qu'on a du travail à faire pour nous et arrêter de nous en donner à la maison. C'est pas humain !

Il alluma la petite bougie. On respecta le rituel. Hondo raconta ce qu'il avait découvert et demanda leur avis à ses amis. Jo parla le premier. Il ouvrit son atlas à la carte du Japon et raconta toute l'histoire du sumo depuis le XVe siècle. C'était très intéressant, mais ça ne répondait pas à la question : quel rapport avec Musique ? Édito fut plus précis.

— Compte tenu du titre et de ta description de la photo, c'est un article paru le mercredi 5 de ce mois dans *Le Parisien*.

Hondo compta sur ses doigts. C'est ça ! Ça fait exactement deux mercredis que Musique ne mange plus.

— Comment tu le sais ?

— Le mercredi, je lui prépare du riz au lait à la vanille et au caramel.

— Humm ! tu pourrais pas nous en faire, une fois... ?

En plus de se perdre, Jo était une bouche à sucre. Il ne mangeait que des desserts.
— C'était la première fois qu'elle n'y touchait pas. Ça m'a marqué.
— Et le journal ?
— Elle est abonnée. Quelqu'un le lui monte chaque matin.
— C'est le portage. C'est très pratique, mais ce n'est pas très développé en France.
Édito semblait réfléchir au moyen d'améliorer le système. Il prit sa tête à deux mains comme une boule de cristal et ferma les yeux.
— Je vois la photographie du journal. Il y a Stella, elle porte un chemisier clair, un pantalon serré et des bottes hautes.
Hondo était impressionné par Édito. Il avait sûrement un truc.
— C'est ça. Continue.
— Je vois moins Takano, le lutteur de sumo. Il ne sourit pas. Il a l'air sérieux. Peut-être un peu en colère. On a l'impression qu'il ne voulait pas poser pour cette photo… Comme si on l'avait forcé.
C'est ce que Hondo avait ressenti en

regardant Takano. Il y avait de la tristesse dans ses yeux. Jo n'était pas d'accord.

— Forcé ! Comment peut-on forcer un lutteur de sumo de deux cent trente kilos à faire quelque chose qu'il ne veut pas faire ? Sinon, à quoi ça sert d'être fort ?

— La force physique n'est pas tout, Jo. Elle ne peut rien contre la force mentale. Je l'ai lu !

— Peut-être, mais quand j'ai fait une bêtise et que mon père m'attrape, j'ai beau me concentrer, la fessée tombe et je la sens passer.

— C'est que tu n'es pas encore assez fort mentalement.

— Je voudrais t'y voir. Tu n'as pas vu les mains de mon père. De vraies raquettes de tennis à grands tamis !

Édito et Jo partirent dans une discussion qui allait passer par tous les chemins les plus inattendus pour se terminer par « Bon d'accord. Alors, on a raison tous les deux ! ». Pendant ce temps, Hondo surveillait l'odeur de mandarine dans son dos. Il y avait en plus ce parfum en forme de long copeau de bois en spirale. Faussette taillait ses

pastels. Elle allait commencer un nouveau dessin. Peut-être pour lui.

— Bon d'accord. Alors, on a raison tous les deux !

Jo et Édito étaient revenus de leur discussion promenade. Jo ne s'était même pas perdu.

— Dis-moi, Hondo, comment était coiffée Musique ?

La question de Jo était étrange, mais la coiffure aussi.

— Elle avait les cheveux tirés en arrière comme un chignon, avec une sorte de... banane qui revient au-dessus de la tête.

— J'en étais sûr ! Elle a le ô-ichô-mage !

Hondo et Édito regardaient Jo comme s'il venait de prononcer le nom d'une maladie. Musique avait le ô-ichô-mage ! C'était certainement mortel.

— Le ô-ichô-mage, c'est la coiffure des sumotoris. Ils la coupent quand ils arrêtent de combattre. C'est un peu la fin de leur vie.

Hondo se souvint que, deux ou trois jours plus tôt, Musique lui avait demandé de lui couper les cheveux... « Je n'en ai plus besoin, maintenant... » C'était après avoir vu la photo de Takano dans le journal. Hondo avait refusé. Il aimait trop cette longue chevelure noire luisante qu'elle lui laissait brosser le soir. Hondo avait l'impression de vider toute la fatigue de la tête de Musique. Souvent, elle s'endormait.

— Il y a beaucoup de choses étranges dans cette histoire.

Édito avait raison. Hondo le sentait. Mais quel rapport entre Musique et Takano ? Ils étaient de deux pays différents, avec des langues différentes, des coutumes différentes et séparés par des milliers de kilomètres.

— 6234 !

Jo était toujours très précis. C'en était désespérant.

— Pas du tout.

— Tu veux vérifier, Édito.

Jo lui tendait son Atlas, vexé qu'on puisse mettre en doute ses connaissances.

— Pas la peine. Musique et Takano ne sont séparés que par, à peine... quatre kilomètres !

Hondo et Jo se dirent qu'Édito avait

dû recevoir une pile de journaux sur la tête. Une grosse pile.

— Regardez.

Édito se mit à tracer par terre une sorte de plan, avec le capuchon de son stylo.

Ça ressemblait plutôt à une pomme de terre.

— Voilà la Seine... Cette croix, c'est nous, ici, dans le XIXe... et Takano est... là ! à Bercy, à l'hôtel Ibis.

— Comment tu le sais ?

— C'est écrit dans le journal !

Incroyable ! Musique et Takano n'étaient séparés que par un pied. Et encore, un pied de fille ! Plus de continents, de mers, de montagnes, d'océans, ou de fleuves : un simple petit pied qui chausse du vingt-quatre ! Même pas celui de Faussette.

— Mais il y a mieux !

Il ne pouvait pas y avoir mieux. Cette fois, Édito exagérait.

— Stella, la chanteuse, répète en ce moment au Zénith de la porte de Pantin... là !

Édito venait de tracer une croix si proche de la leur que Jo se retourna pour voir si Stella n'était pas dans son dos. En regardant ces deux petites croix tracées sur le sol qui avaient l'air de se donner la main, Hondo sut ce qu'il allait faire juste après la séance du Club. Mais est-ce qu'il réussirait ? Il sentit l'odeur de mandarine s'éloigner dans l'obscurité. Faussette devait avoir terminé de dessiner. La troisième bougie s'éteignit sans courant d'air. La séance exceptionnelle du Club des Ruines fut levée.

Une partie du mystère aussi.

4. Les deux pommes

Hondo savait qu'il y aurait un autre dessin au pastel sur la porte du dixième étage. Il y était. On reconnaissait bien Musique et Takano à l'intérieur d'un cœur tracé avec des croix jaune d'or.

Dans son appartement, Musique dormait sur son trône d'osier, le cadre de bambou plaqué sur son cœur. Hondo dégagea doucement l'article de journal. Musique fit deux ou trois teuf ! teuf ! en grognant mais ne se réveilla pas. Hondo essuya la sueur sur le front de Musique et la recouvrit d'un grand châle de laine blanche. Hondo chassa les mauvais esprits cachés dans l'entrée et partit.

Hondo passa chez lui. Tiens, son père le commissaire était rentré. Ils se dirent bonsoir avec les yeux et du bout des doigts sur le nez. Son père l'attendait, le cache-col encore autour du cou. Hondo le dénoua et déboutonna la canadienne. Ça, c'était à lui de le faire. Puis il passa doucement sa main sur le front de son père pour ôter les plis de la journée. Les yeux fermés, son père grognait comme un gentil ogre. Mais il restait encore un vilain pli creux. Son enquête devait être difficile.

— Je n'ai pas retrouvé mon pistolet.

— Il est dans le bac à légumes du réfrigérateur.

C'est toujours là qu'il était, mais son père oubliait. Son père était un policier sans tête. Sans tête et sans arme.

— Devine ce que j'ai dans le dos.

Hondo sourit. Il croyait savoir. Il alla dans la cuisine et rapporta deux couteaux.

— Concours de vitesse ou concours de longueur ?

Son père fit semblant de réfléchir.

— Concours de longueur.

Et, comme un prestidigitateur, il sortit deux grosses pommes rouges de derrière son dos.

— Attention, top ! Partez !

Il s'agissait de faire l'épluchure la plus longue possible sans la casser. Hondo commençait par le dessous de la pomme, son père par le dessus.

— Est-ce que Musique va mieux ?

— Pas tellement.

Aïe ! Hondo avait failli s'entailler le doigt. Comment son père savait-il, pour Musique ? Il ne lui avait rien dit.

— Ce n'est pas très difficile. Tu ne me parles plus de vos leçons et il reste à manger dans le frigo quand je rentre.

Hondo raconta à son père en restant concentré sur le mince ruban de l'épluchure. Ce soir, il avait sa chance de gagner. C'était bien parti.

— Top ! ma pomme est toute nue !

— La mienne aussi.

Ils se montrèrent leurs pommes parfaitement pelées et comparèrent les deux longs rubans rouges.

— Presque égalité !

— Égalité !

Bon d'accord, Hondo voulait bien

admettre. Mais la sienne faisait bien un millimètre de plus.

— Regarde bien ces deux pommes.

Hondo les trouvait jolies, posées côte à côte sur le bord de la table. Mais qu'est-ce qu'il y avait à voir ?

— Ton amie Musique est comme elles, toute nue, toute fragile. On lui a volé sa peau.

— C'est qui, la deuxième pomme ?

— Tu vas trouver. Tu n'es pas loin. Il faut que tu regardes bien les dessins qu'on t'a donnés. Mais, parfois, les filles comprennent mieux ces choses-là. Moi, je dois retourner rue de Crimée.

Hondo reboutonna la canadienne et noua le cache-col de son père en pensant à ces filles qui « comprennent mieux ».

— N'oublie pas de laisser un mot au perroquet. Je repasserai peut-être.

Le commissaire partit. Hondo regarda les deux pommes nues. Leur chair commençait déjà à brunir. Hondo les emmaillota avec leurs épluchures. La peau reprit exactement sa place. La cicatrice ne se voyait presque pas. Les deux pommes rouges donnaient l'impression de sourire.

Hondo comprit ce que son père avait voulu lui dire à propos de Musique. Il confia un mot au perroquet et sortit. Il fallait retrouver cette Stella en pleine nuit, « l'idole des enfants », tu parles !

Bien sûr, Hondo oublia d'emporter sa lampe électrique.

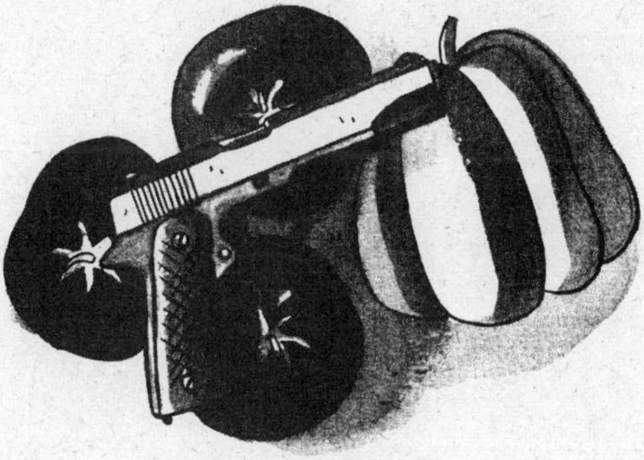

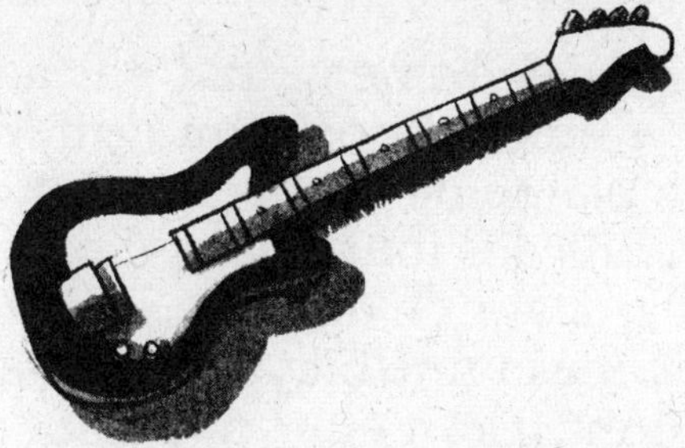

5. Le Zénith

Pour aller au Zénith de la porte de Pantin, c'était facile. Il suffisait de remonter le long du canal de l'Ourcq. Ce n'était pas loin, même dans la nuit, sans lampe électrique. Ce n'était pas loin si on évitait d'admirer sur l'eau le reflet nacré de la passerelle du chemin de fer, si on ne restait pas planté devant l'effrayante usine d'incinération rouillée avec son immense cheminée qui la faisait ressembler à un vieux destroyer échoué, si on n'entrait pas dans le hall de l'hôtel Mercure, pour y chiper des prospectus de voyages pour Jo... la grande mosquée de Kairouan... les chutes du Zambèze... les catacombes de Paris..., si on ne restait pas au-dessus de l'écluse pour imaginer une péniche pleine de sable qui monte, qui monte dans des tourbillons d'eau, avec ses jolis rideaux en dentelle aux fenêtres de la cabine et une bicyclette de femme sur le pont. Ce n'était pas loin... si... si... et si...

Mais Hondo fit le tour des « si » et arriva tard au Zénith. Le parking était presque vide et le grillage paraissait encore plus haut dans la nuit. Édito disait qu'il était électrifié... dix mille volts ! Ça peut même électrocuter un bœuf !... Hondo se dit qu'il était sûrement moins solide qu'un bœuf. Heureusement, il connaissait un passage. Il fallait seulement éviter les gardes avec leurs chiens policiers sans muselière... Mille deux cents kilos de pression dans chaque croc... Édito connaissait deux cent cinquante-six moyens de se faire peur. Comme si toutes ces ombres ne suffisaient pas, surtout celle des arbres qui essaient de vous attraper par les chevilles... Raté !

Hondo était passé. Il s'approcha comme un Yuruba de l'arrière du Zénith.

Près d'une porte marquée EXIT, il remarqua une petite Jeep rose... 843 H... Le même début d'immatriculation que sur la coupure de presse. C'était bien la voiture de Stella... Hondo, grand chasseur !... Il se glissa derrière et essaya d'ouvrir les portières et le coffre. Mais il n'y a qu'à la télévision qu'on oublie de fermer une porte à clef. Qu'est-ce que tu vas faire maintenant ? Attendre. À force d'attendre, il arrive toujours quelque chose.

Et il arriva.

— Stella, tu es certaine de vouloir rentrer seule ?

— Je t'assure, cette répétition m'a fatiguée. C'était interminable, ce final.

Hondo se cacha. Par la porte EXIT, il venait de voir sortir Stella. Elle était accompagnée d'un homme qui portait une guitare électrique.

— Ne t'inquiète pas, je vais travailler cette nuit sur la chanson du final. Tu sais qu'on a une séance d'enregistrement demain matin ?

— Je sais, j'y serai.

— Tu ne veux vraiment pas que je rentre avec toi ?

— Je t'ai déjà dit que je préférais rentrer seule.
— Tu as rendez-vous avec quelqu'un ?
— Marc, ne recommence pas avec tes scènes de jalousie !
« Scène de jalousie », Hondo connaissait cette expression. C'était une de ces

expressions qui fait beaucoup de bruit. Surtout le soir, par la fenêtre du quatrième étage de son immeuble. Il avait entendu la dame dire à la concierge : « Mon mari est jaloux comme un tigre. Un véritable calvaire !... » Hondo avait croisé le monsieur du quatrième. Il ne ressemblait pas du tout à un tigre. Peut-être à un calvaire. Hondo n'avait pas eu le temps de chercher ce mot dans le dictionnaire.

— Comme tu voudras, Stella. Mais il faudra qu'on en reparle. Je suis ton fiancé, tout de même.

L'homme à la guitare monta dans une voiture de course jaune et claqua la portière pour montrer qu'il était en colère. Mais ça se voyait déjà dans ses yeux. Ça n'avait pas l'air d'impressionner Stella. Elle se dirigea vers sa Jeep. Hondo la regardait s'approcher. Ses jambes tremblaient. C'est le moment d'agir. Accroche-toi à la roue de secours ou au pot d'échappement. Montre-toi et dis-lui : Madame !... Non, mademoiselle ! il faut que vous m'aidiez, sinon ma meilleure amie va mourir !... Impossible, l'homme à la guitare l'attend pour partir... Mais va-t'en, toi, avec ta voiture de course ! Ça ne te regarde pas. Quand on est en colère, on démarre sur les chapeaux de roue en faisant du bruit et de la fumée. Hondo se demanda où étaient les chapeaux sur les roues.

Stella ouvrit la portière et s'installa

au volant. Hondo avait senti son parfum au passage. C'était fichu ! Tant pis. Il se jetterait devant sa Jeep. Elle ne pourrait pas l'éviter et l'écraserait. Non, ça fait trop mal. Elle le renverserait juste un peu avec le bout caoutchouté du pare-chocs pour qu'il n'ait pas trop de piqûres. À l'hôpital, Stella serait là quand il se réveillerait couvert de bandages. Il lui dirait...

— Stella, tu l'as encore oublié !

L'homme à la guitare agitait quelque chose par la portière. Stella sortit de sa voiture et alla récupérer le quelque chose.

— Mon agenda ! quelle idiote !

Hondo ne fit ni une, ni deux, ni trois, ni quatre, ni plus. Il se glissa à l'intérieur et se fit basculer vers les places arrière. Joli roulé ventral, Hondo ! De quoi devenir champion du monde de saut de banquette.

— Merci, Marc !

— Tu vois que tu as besoin de moi.

— N'insiste pas, Marc. Pense plutôt à la chanson du final.

Stella avait embrassé Marc sur la joue. Ce n'est pas beaucoup pour des fiancés. Hondo se dit qu'il n'aimait pas ce prénom, Marc, ni les voitures jaunes, ni les guitares électriques. Stella revint à sa voiture. Hondo se laissa glisser sur le dos entre les sièges.

La Jeep démarra. Et maintenant, qu'est-ce que tu vas faire ? Pour l'instant, regarder le paysage défiler, la tête en bas. Comme dans les grandes balançoires qui le faisaient vomir à la fête foraine de la Villette.

Hondo suivait l'itinéraire de Stella en s'aidant des lumières. Là, elle tourne à droite au feu dans l'avenue Jean-Jaurès. Ça, c'est le bleu de l'enseigne du restaurant de poisson. Là, on passe sous le pont de l'ancienne voie ferrée, et maintenant... Aïe !... les gros pavés de la rue du Rhin qui font mal dans le dos... Si un jour je suis kidnappé, je pourrai facilement retrouver mon chemin. Et si on te bandait les yeux ?... Hondo les ferma. C'était plus difficile, mais il reconnaissait quand même le petit dos-d'âne, juste avant la descente vers le quai de l'Oise. Ça aurait dû sentir l'eau du canal, mais le parfum de Stella était trop fort. C'était un parfum de dame, qui ne sentait ni la pomme, ni la fraise, ni le chocolat ou la mandarine. Un parfum qui n'existe pas en vrai.

Maintenant, on longeait la berge en direction du pont de Crimée. Si Stella tournait à droite, dans trente-quatre secondes on serait exactement sur le pont, en face de la grande tour où il habitait. Merci, monsieur le hasard ! Merci !

Hondo compta... 31, 32, 33... 34 !... Il se redressa et ouvrit les yeux. La tour aurait dû être là, haute et blanche, trente étages au milieu du pare-brise. Il aurait dû presque apercevoir les fenêtres de chez lui. Mais pas du tout.

Il y avait un métro dans sa chambre !

Une longue rame bleu et jaune éclairée. Mais qu'est-ce qu'elle faisait là ? Où est-ce qu'il allait dormir ? Et son père ? Une pancarte disait « Jaurès ». Hondo s'était trompé en reconstituant le chemin les yeux fermés. Il avait honte. Hondo : le plus mauvais enfant kidnappé du monde !

— Qu'est-ce que tu fais là, toi ?

C'étaient les yeux dans le rétroviseur qui parlaient.

— Madame !... Non, mademoiselle ! Il faut que vous m'aidiez, sinon ma meilleure amie va mourir !

La phrase était sortie toute seule, sans même lui demander son avis. Il y eut un coup de frein brusque. Sous le choc, Hondo passa par-dessus le siège et se retrouva assis à côté de Stella. C'était plus pratique pour discuter. Merçi, le coup de frein.

Hondo expliqua tout à Stella. La jolie petite Jeep rose était restée au milieu du carrefour. Elle se fit klaxonner sur tous les tons par des voitures qui lui faisaient de l'œil. Stella ne semblait pas s'en préoccuper. Elle écoutait Hondo avec un air grave. Elle était encore plus jolie que sur les affiches et sentait bon. Pourquoi ça ne sent rien, les affiches ?

— Voilà, maintenant, il faut aller voir votre ami Takano et lui dire que mon amie Musique est malheureuse !

— C'est impossible !

Il en était sûr. Elle allait lui dire qu'elle ne pouvait pas, qu'elle était très occupée, qu'elle était une vedette... L'idole des enfants... Et que... et que... Et tout un tas de mauvaises raisons.

— Je vais te décevoir, mon petit…

Elle le décevait déjà en l'appelant « mon petit ».

— Je m'appelle Hondo, mademoiselle. C'est un prénom d'Afrique.

— Je vais te décevoir, Hondo, mais je ne connais pas ce Takano dont tu me parles.

C'était comme si la capote de la Jeep tombait sur la tête de Hondo.

— Mais, la photographie ?

Hondo montra à Stella la coupure de presse.

— Ah, ça ! Ce n'est qu'une photo publicitaire. On en fait des dizaines. Souvent, on ne connaît même pas la personne avec qui on pose.

— Mais il vous porte dans ses bras !

Stella lui sourit. Un sourire un peu triste.

— C'est comme ça, chez les grands.

Hondo se dit que ça devait être compliqué d'être grand. Sauf si on ne se fait pas prendre en photo.

— Il faut venir voir Musique, pour lui dire.

— Qu'est-ce que ça changera pour elle ?

Hondo sortit les deux dessins de

Faussette qu'il avait dans la poche de son duffle-coat.

— Tenez, mademoiselle. Regardez ! Il paraît qu'il n'y a que les filles qui peuvent comprendre...

Stella prit les dessins et les regarda longuement comme si elle cherchait quelque chose.

— Qui les a faits ?

— Faussette, la fille de la gardienne de la grande tour.

— Elle a quel âge ?

— Peut-être huit ans.

Stella resta immobile, les yeux vides, comme si elle revoyait une scène dans sa tête. Un instant, son regard ressembla à celui de Musique au-dessus du vide. Puis tout à coup elle tourna la clef de contact et démarra sans un mot. Hondo n'aurait jamais pensé que l'âge de Faussette pouvait faire démarrer une voiture.

— C'est par où chez ton amie ?

— Par là. Du côté de l'eau...

Stella pila soudain à un feu rouge qui était vert. On aurait dit qu'elle parlait au pare-brise.

— C'est incroyable ! Je suis là, avec un

petit garçon que je ne connaissais pas il y a cinq minutes, pour aller voir une dame que je connais encore moins, pour lui parler d'un lutteur de sumo que j'avais complètement oublié.

Hondo trouvait que c'était pas mal résumé.

— Je sors d'une répétition calamiteuse. La première du spectacle est dans deux jours. Peut-être le spectacle le plus important de ma carrière. Il reste mille choses à régler, la lumière, la chorégraphie. Je n'ai pas encore la chanson du final, mon fiancé me surveille comme si j'avais cinq ans, et en plus je trouve ça complètement normal d'être là au bord du canal Saint-Martin !

C'était le bassin de la Villette, mais beaucoup de gens se trompaient. Hondo pardonna à Stella. On n'allait pas chipoter sur la géographie...

— Stella, ma fille, tu deviens folle ! Retourne chez toi.

Derrière, des voitures rouspétaient. Impossible de faire demi-tour. Vert, c'est vert. Stella avança et se remit à parler au pare-brise.

— Hondo, tu connais Édith Piaf ?

trường

Une chance, son père écoutait des chansons d'elle. Des chansons toujours tristes. Une dame en noir.

— J'avais l'âge de Faussette et peut-être moins... Ma meilleure amie était malade. Très malade. Dans son lit, elle écoutait des disques d'Édith Piaf. Elle disait que ça lui faisait du bien, mais elle ne guérissait pas. Alors, je suis allée attendre la chanteuse, comme toi. Sauf que je ne me suis pas cachée dans sa voiture.

Hondo se demandait encore comment il avait pu oser faire ça.

— Je lui ai demandé d'écrire un mot pour mon amie. Édith Piaf aussi était malade et toute blanche. Elle m'a fait un joli dessin avec un soleil et un arbre.

— Et ton amie a guéri ?

— Oui.

— Et la dame ?

— Pas elle. Elle est morte juste après. Ma mère me l'a montré dans le journal. C'est ce jour-là que j'ai décidé d'être chanteuse.

Un énorme camion surgit. Ses phares nous font les gros yeux. Il va nous couper en deux. Stella braqua comme un champion et s'engagea quai de Seine le long du bassin de la Villette.

— Viens voir, Stella ! Ils ont construit des cinémas près de l'eau... 14 Juillet... C'est joli comme nom. Tu as vu, il y a plein de mots écrits sur les murs. C'est des mots qu'ils ont pris dans des films. C'est la caissière qui me l'a dit. Moi, mon préféré c'est : « *y connaît pas le Raoul* »...

— Pourquoi ?

— Parce que moi, je le connais, Raoul. C'est celui qui fait marcher l'écluse à Jaurès. C'est vrai qu'il est rigolo, Raoul, tout gros dans son maillot rayé. Même l'hiver. Et toi, c'est quoi ta phrase préférée ?

Stella regarda le mur avec les mots peints. Elle choisit une phrase bleue.

— *C'est simple, l'amour.*

Hondo se sentit tout ramolli. Mais, à les voir avec son fiancé, ça n'avait pas l'air si simple.

— Tu en as fait, toi, des films ?

— Non, moi je chante seulement.

Pourtant, Hondo était sûr d'avoir vu des vieux films avec des dames qui chantent, qui dansent, et même qui nagent.

Il imaginait bien Stella en princesse des eaux. La voiture roula encore un peu.

— C'est là !

Stella gara la Jeep le long de la balustrade gris et vert qui entourait les ruines de l'entrepôt. Gris, vert et rose, ça allait bien ensemble.

— Tu habites dans cette grande tour ! Tu dois avoir une vue formidable !

— Tout le monde croit que les gens qui habitent dans une tour habitent tout en haut. Alors, à quoi ça servirait, les autres étages ? Moi, j'habite au premier, parce que, comme dit mon père, il faut bien que quelqu'un commence.

— Il ne va pas s'inquiéter, ton père, de ne pas te voir rentrer ?

— Je l'ai vu, et j'ai laissé un mot au perroquet...

Stella avait un visage qui disait qu'elle ne comprenait pas. C'était normal. Personne ne pouvait comprendre. Sauf son père et lui.

Hondo et Stella prirent l'ascenseur, qui pour une fois n'était pas bloqué par le père Meynart. Musique dormait encore. Hondo remit la coupure de presse dans le cadre de bambou. Il le glissa dans les bras de Musique. Elle ne grogna même pas.

— C'est elle qui fabrique ces jolies robes de mariée ?

— Les plus belles du monde ! Des fois, elle m'emmène dans son aquarium pour l'aider à les livrer.

— Son aquarium ?

— Oui, regarde !

Hondo lui montra par la fenêtre une camionnette qui semblait transporter une énorme cage de verre.

— Tu as vu, elle est de la même couleur que ta Jeep. Tu as lu ce qu'il y avait d'écrit sur la portière ?

Du dixième étage, ce n'était pas facile.

— *Promise, le bonheur à votre guise.* C'est nous qui avons trouvé la phrase avec les copains du Club des Ruines.

Stella réserva son avis. Le téléphone sonna bizarrement. Hondo décrocha. Ça devait être son père qui lui annonçait que son enquête durait plus longtemps que prévu. Il n'y avait personne.

— Oui, Marc. Non, je ne suis pas chez moi.

C'était Stella qui parlait dans un petit téléphone portable.

— Je t'expliquerai plus tard.

Elle replia son téléphone. La sonnerie avait réveillé Musique.

— Vous êtes la dame de la photo !

Musique paraissait affolée et serrait le cadre sur son cœur.

— Qu'est-ce qui se passe ? Il est arrivé quelque chose à Takano ?

Hondo la rassura.

— Mais non, Stella est venue te dire qu'elle ne connaissait pas Takano.

— C'était juste une photo publicitaire, madame.

— C'est vrai, vous n'êtes pas sa femme, sa petite amie, sa fiancée, son petit béguin ou quelque chose comme ça ?

Hondo se dit qu'il y avait beaucoup de mots pour dire quand on aime bien quelqu'un. C'est « petit béguin » qu'il préférait.

— Je vous assure, madame !

Le visage de Musique s'alluma comme un lampion en papier crépon.

— J'ai faim !

Ce fut comme le cri d'une ogresse. Hondo courut lui chercher le plateau du matin. Musique l'engloutit juste le temps de claquer dans les doigts. Il lui fallut celui d'hier et celui d'avant-hier et d'avant-avant-hier. Après, Hondo ne savait plus comment dire. « Antépénultième » peut-être. Musique mangea toutes les réserves de tous les placards. Il ne restait plus que des boîtes de pêches au sirop. Stella l'aida à les ouvrir. Hondo dut descendre chez lui et rafler ce qu'il y avait dans le réfrigérateur. Après son passage, il ne restait plus que l'arme de service de son père dans le bac à légumes. Musique ne laissa rien, sauf un petit pot d'œufs de lump noirs. Elle se tamponna le coin des lèvres avec un mouchoir en papier et sourit.

— Ça fait du bien !

Stella regardait Musique, mi-émerveillée mi-effrayée. Mais Hondo avait l'impression que la moitié émerveillée était la plus grande.

— Tu es sûre que tu ne veux rien d'autre, Musique ?

— On verra tout à l'heure, Hondo, s'il me reste un petit creux.

Ils rirent tous les trois. Ça faisait du

bien d'entendre de nouveau des rires ici.

— Mademoiselle, s'il vous plaît, racontez-moi comment a été prise cette photo et comment était Takano.

— On est allés jusqu'à son hôtel, près de Bercy. Le photographe a pensé que ce serait une bonne idée que monsieur Takano avec ses deux cent trente kilos porte dans ses bras mes petits quarante-cinq kilos...

— Quarante-cinq kilos !

Musique semblait impressionnée.

— Mais monsieur Takano a refusé.

— Comment ça, il a refusé ?

— Il a expliqué qu'il ne pouvait pas prendre dans ses bras une femme qui n'était pas sa... suzo... Je ne me souviens plus du mot.

— Suzô-tori ?

— Oui, c'est ça ! Qu'est-ce que ça veut dire ?

— C'est un mot secret entre nous.

Hondo se dit qu'il devait y avoir plein de jolis mots secrets dans toutes les langues. Dommage de n'en connaître qu'une. Et encore !

— Je ne comprends pas. Takano n'a

pas voulu vous prendre dans ses bras, et pourtant, sur la photo...

— C'est vrai, mais on l'y a forcé. Un homme qui avait l'air d'être le chef.

— Petit, très maigre, avec une grosse barre de sourcils broussailleux ?

— Tout craché ! Il a même menacé Takano de l'empêcher de participer au tournoi.

— C'est Hitsui, le responsable de la tournée des lutteurs en France. Tout le monde doit lui obéir. C'est un homme terrible et âpre au gain.

« Âpre au gain », ça veut dire qu'on aime l'argent encore plus que les crèmes brûlées. Musique lui avait expliqué, mais Hondo ne comprenait toujours pas.

— C'est dangereux de s'opposer à lui. Malheureusement, je le connais bien.

Musique se figea tout à coup. Son visage était redevenu triste. On avait l'impression qu'elle revoyait des scènes qui lui faisaient peur. Hondo se demandait comment pouvait fonctionner cette grande télévision qu'on a dans la tête et que les autres ne voient pas. Une étrange télévision, avec des programmes tristes, gais, qui effraient ou qui font voyager. Souvent, quand il voyait des gens silencieux et immobiles, Hondo essayait de deviner quelle chaîne ils regardaient à l'intérieur. Pour Musique, il ne savait pas, mais sa phrase : « Malheureusement, je le connais bien » laissait voir un bout du mystère. Comment Musique pouvait-elle connaître Hitsui ? Le téléphone de Stella sonna de nouveau. Musique revint brusquement du petit voyage dans sa tête. Stella paraissait énervée.

— Non, Marc, je ne peux pas te dire où je suis. Alors, si tu le sais, pourquoi tu me le demandes ?

Elle replia le petit téléphone portable si sèchement que Hondo eut l'impression qu'à l'autre bout du fil Marc s'était fait pincer les doigts.

— C'est votre fiancé, mademoiselle Stella ?

— Oui... enfin... pas vraiment... Ce n'est pas le mot... lui voudrait... Mais il est très jaloux... Moi, je l'aime bien... Ça fait longtemps... Mais c'est trop tôt... Bref, c'est compliqué !

Hondo trouvait aussi.

— Vous comprenez, il écrit les paroles

de mes chansons et il voudrait aussi écrire mes paroles dans la vie. Alors, je préfère attendre encore un peu.

— Croyez-moi, mademoiselle Stella, n'attendez pas trop. Moi aussi, j'ai trop attendu.

Et Musique raconta son secret.

Elle avait rencontré Takano à Paris il y a deux ans, au cours du tournoi de Bercy. Takano avait voulu l'emmener avec lui au Japon. Mais elle ne se sentait pas prête. Ils s'étaient longtemps écrit, mais pas des lettres. Takano disait que les mots mentaient quand ils étaient entre eux. Hondo ne voyait pas comment on pouvait s'écrire des lettres sans mots.

— On s'envoyait des petits objets de rien. Une plume de pigeon pour dire que le cœur était léger, un peu de sable quand le temps ne passait pas assez vite, ou un long morceau de laine parce que l'autre était trop loin...

Hondo aimait beaucoup ces lettres dans lesquelles on ne peut pas faire de fautes d'orthographe.

— Jusqu'au jour, où, sans explication, Takano a cessé de me répondre. Mais j'ai continué d'envoyer des petits objets de rien, parce que je n'ai jamais reçu les trois cailloux noirs qui veulent dire : « ne m'écris plus ».

Hondo se demandait pourquoi c'était toujours le noir qui annonçait les mauvaises nouvelles.

— Quand j'ai su que Takano participait au tournoi de cette année, j'ai pensé qu'il m'enverrait un petit rien. Mais... rien. Alors, quand j'ai vu cette photo avec vous, Stella, dans le journal, je me suis dit que Takano m'avait oubliée. Et c'est là que j'ai décidé de ne plus manger, pour devenir aussi mince que vous. Je sais que c'est bête, mais...

— Vous êtes pourtant tellement belle comme ça.

— Moi aussi, je trouve.

— C'est vrai ?

Stella et Hondo hochèrent la tête comme deux petits chevaux de manège. Musique sourit en baissant les yeux, puis soudain se redressa.

— J'ai encore faim ! Je mangerais bien des œufs de lump. Des tonnes d'œufs de lump !

Hondo courut les chercher. Musique

les dégustait comme de la confiture de myrtilles.

— Les œufs de lump, c'était la petite gourmandise de Takano. Mais attention, les lutteurs de sumo ont un régime très sévère ! Ils ne peuvent pas manger n'importe quoi. Je me souviens, il me demandait de lui acheter des œufs de lump en me disant de bien les cacher, mais il les trouvait toujours.

Le visage de Musique se referma.

— Je me demande ce que fait Takano en ce moment. Normalement il doit se préparer au combat. Il est peut-être encore dans le gymnase d'échauffement ou déjà dans la salle de recueillement. C'est ce soir, la finale. Il a des adversaires très dangereux cette année. Comme j'aimerais être dans les gradins ! Je me ferais toute petite. Il ne saurait même pas que je suis là.

Hondo avait l'impression que Musique aurait pu s'effacer et disparaître. Cette idée lui faisait peur. Stella se dressa.

— Allons à Bercy ! Nous trouverons bien un moyen de rencontrer Takano.

— Moi, je sais où est son hôtel !

— Vous êtes très gentils, tous les deux. Mais je me sens encore trop faible.

— Nous vous aiderons. Pas vrai, Hondo ?

Hondo se sentait assez fort pour porter Musique sur son dos. Enfin... ce serait mieux si, en lui tenant la main, ça suffisait.

— Je n'oserai jamais me présenter devant Takano sans savoir s'il souhaite me voir. Ce serait un trop gros affront.

— On peut essayer de lui téléphoner à son hôtel.

— Jamais ils ne vous le passeront, si près des combats.

Le téléphone avait entendu qu'on parlait de lui, alors il sonna.

— C'est encore toi, Marc ! Je t'ai dit... Tu es où ?

Stella s'approcha de la porte-fenêtre.

— C'est ridicule !

Hondo alla regarder. C'est vrai que c'était ridicule de voir en bas une grosse voiture de course jaune qui barrait le passage à une pauvre petite Jeep rose. Stella replia son téléphone. Il claqua encore plus fort que tout à l'heure.

— On ne peut même plus partir, la voi-

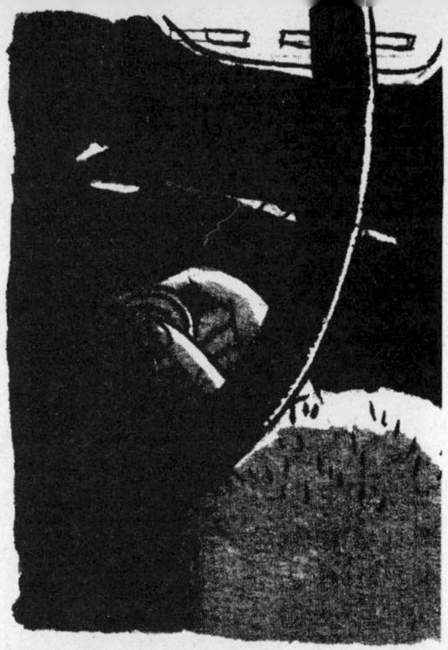

ture de Marc nous en empêche.

— Mademoiselle, est-ce que vous avez déjà conduit un aquarium à roulettes ?

C'est comme ça que Musique appelait sa camionnette de livraison. Stella parut surprise par la question. Hondo, lui, avait déjà compris. La chanteuse se demandait comment un engin pareil pouvait rouler.

— D'accord pour l'aquarium, mais il faut trouver un moyen d'éviter Marc.

— J'ai un plan.

Hondo expliqua ce qu'il appelait un plan à Musique et à Stella. Ça pouvait marcher si madame la Chance voulait bien les aider.

— Attends, Hondo, avant de partir, prends ça...

Musique lui tendit une sorte d'étui en laque qui pendait à son cou. Il ressemblait à un petit plumier.

— À l'intérieur il y a une petite tablette d'argile très fragile. C'est une tablette de mémoire. Takano me l'a offerte.

Elle veut dire : Si tu as besoin de moi, je viendrai à toi. Tu la lui remettras ; il comprendra.

Stella et Hondo eurent l'impression que Musique leur confiait le plus précieux des trésors.

— Allez, dépêchez-vous. L'heure des combats approche. C'est le moment de vérifier si ton plan fonctionne.

— Pas de problème : Hondo, champion du monde de ruses.

6. L'aquarium à roulettes

— Elle est très jolie votre voiture, monsieur. Venturi, c'est italien ?

Marc, assis à son volant, ne répondait pas. Il paraissait énervé et tapait sur les touches de son téléphone comme pour écraser des punaises. Ce n'était pas la peine, Stella avait coupé son portable.

— Elle doit faire au moins du deux cents à l'heure ?

Marc gardait les yeux fixés sur la façade de la tour. Il devait se demander où se cachait Stella... Moi, je sais, mais je ne te le dirai pas...

— Ça doit coûter cher. Combien de millions, monsieur ?

Le monsieur faisait semblant de ne rien entendre.

— Je peux la dessiner ?

C'était Faussette. Sans attendre la réponse, elle venait de s'asseoir juste devant le capot de la voiture jaune. Elle sortit ses pastels et son cahier de dessin. C'était la meilleure solution pour l'empêcher de partir... Hondo, tu aurais pu y penser tout seul !

— Ah non, ne reste pas là, toi ! Allez, rentrez chez vous tous les deux.

— Une Venturi V6 ! 240 chevaux ! 320 en ligne droite ! 400 mètres départ arrêté en 16 secondes 4 !... Bel engin, pourtant, j'ai lu dans le journal qu'ils avaient des difficultés.

Ce n'est pas possible, Édito avait dû réviser une fiche avant de descendre.

— D'où il sort, celui-là, encore ?

Pour une fois que Jo n'était pas trop en retard.

— Est-ce que vous avez un système antivol de détectage par satellite ? C'est très pratique pour localiser votre voiture en cas de vol ou si vous ne savez plus où vous l'avez garée. Ma mère pense à m'en installer un dans le sac à dos pour me retrouver. Seulement voilà : je perds aussi mon sac à dos !

Marc devait se demander ce que c'était que ce quartier où les gosses sortent de partout en pleine nuit. Des gosses qui touchent à tout.

— Non, pas le rétroviseur !... Attention, l'antenne est fragile !... Vous allez rayer la peinture !... On ne s'assoit pas sur l'aile !

Marc courait en tous sens comme à colin-maillard, sauf qu'il y voyait encore moins que s'il avait eu les yeux bandés... Tût !... Tût !... Tût !...

— Ah non ! Pas le Klaxon !... Sors de là !...

Ce n'était pas un Klaxon, c'était un signal. Stella, qui attendait dans l'entrée de la tour, savait qu'elle pouvait courir jusqu'à la camionnette de Musique. Hondo la vit passer. Elle courait drôlement vite ! Marc ne se rendit compte de rien, trop occupé à essayer d'empêcher Jo de fabriquer un « triangle parabolique de captage » avec les essuie-glaces.

— Maintenant ça suffit, les gosses ! Je vais me fâcher. J'ai dit : ça suffit !

C'est vrai que ça suffisait. Stella arrivait à toute vitesse au volant de la camionnette. Elle pila à la hauteur de Hondo.

— Allez, monte !

Hondo grimpa sur le siège passager. Marc découvrit soudain le drôle d'engin vitré. À l'intérieur, quelqu'un ressemblait à sa fiancée-ou-presque. Incroyable, c'était elle !

— Stella, mais qu'est-ce que tu fais là-dedans ?... Non, toi, ne joue pas avec le volant !... Stella, attends ! Je te préviens, si... Ah non, le blond, sors du coffre !... Stella, reviens ici !... La petite, pousse-toi donc de devant la voiture ! Je vais t'écraser si tu continues à dessiner... Ça va mal se terminer... Stella, il faut qu'on parle... Les clefs !... Où sont les clefs ?... Les gosses, rendez-moi les clefs !

À son balcon, Musique riait à en fêler la rambarde. Édito, Jo et Faussette regardaient l'aquarium à roulettes s'éloigner en cahotant. C'est vrai que ça marche mieux, une auto, quand on a les clefs de contact.

Dans le rétroviseur, on aurait pu voir Marc qui trépignait de rage au milieu de la chaussée, mais il n'y avait pas de rétroviseur dans la camionnette de Musique. D'ailleurs, il manquait plein d'autres choses.

— Où elle est, la troisième ?

— Musique a dit qu'il fallait pousser.

— C'est pas plutôt tirer ?

— On verra bien.

Stella tira sur le levier de vitesses. La camionnette eut un gros hoquet qui projeta tout le monde contre le pare-brise. Tout le monde, ça comprenait : une médaille de saint Christophe, un sapin de Noël qui sent la lavande, des pièces de monnaie, un paquet de chewing-gums entamé, un feu tricolore en porte-clés, cinq vieilles contraventions, une carte au 1/5 000e de la région Nord-Picardie, Stella et Hondo.

— Tu avais raison, il fallait pousser.

Hondo aurait préféré avoir eu tort et pas cette bosse au front qui commençait à pousser comme une corne de rhinocéros...

— Tu sais où on va à Bercy ?

— Hôtel Ibis. C'est tout droit.

Hondo boucla sa ceinture. Il restait encore pas mal de vitesses à passer d'ici Bercy et pas mal de bosses à se faire.

Ils y arrivèrent par la rue Pommard. C'était le nom d'un bon vin d'après son père. À la jolie école primaire du n° 47, on voyait encore aux fenêtres les guirlandes en crépon d'une fête. Hondo n'allait pas à l'école. C'était Musique, son école. Mais si un jour il y allait, il voudrait bien que ce soit dans celle-là.

Stella gara la camionnette un peu à l'écart de l'hôtel. Elle était trop voyante, surtout que Marc essaierait certainement de les retrouver.

Pendant le voyage, malgré le bruit du moteur, les sens interdits, les feux orange plutôt rouges et l'autoradio qui s'était allumé tout seul sur une station qui ne passait que de l'accordéon, Stella et Hondo avaient pu discuter de la manière de faire. La plus directe était la meilleure.

— Bonjour, monsieur, nous voudrions parler à Takano Immura.

Le portier derrière son comptoir, le visage complètement éteint, donna l'impression qu'on venait de lui parler entièrement en japonais.

— Qui ?

— Takano Immura, un lutteur de sumo qui est descendu dans votre hôtel.

— Ah ! la chambre 54. C'est impossible ! On ne peut déranger ces messieurs avant les combats.

Hondo remarqua, un peu à l'écart, un petit homme assis dans un fauteuil crapeau, près d'un aquarium de minuscules poissons tropicaux. La conversation avait l'air de beaucoup l'intéresser. Il lisait son magazine en tendant le cou comme une autruche curieuse. Dans le miroir du hall, Hondo reconnut cette barre de sourcils broussailleux : ce devait être ce Hitsui dont parlait Musique, l'organisateur de la tournée des lutteurs de sumo. « Âpre au gain. » Hondo se rappelait la formule. Hitsui lui ressemblait.

— Vous êtes certain de ne pas pouvoir faire un petit effort ?

— Mademoiselle, je vous dis que...

Mais tout à coup, derrière le comptoir, le visage du portier se mit à clignoter. Il venait de reconnaître Stella.

— Quelle honneur, mademoiselle ! Vous savez, ma nièce a tous vos disques ! Vous me signeriez un autographe pour elle ?

En 2,7 secondes, Stella avait rendu le portier tendre comme un chamalow. Il était prêt à faire une exception pour elle.

— Vous ferez très attention, je pourrais perdre ma place, sinon.

— Nous allons seulement lui remettre ceci.

Stella montrait l'étui de laque.

— Donnez-le-moi, je vais m'en charger.

C'était Hitsui qui tendait la main. Sa voix était pleine de miel et ses yeux en meurtrières comme celles des châteaux forts. Sauf que lui n'était pas très fort comme château.

— Je me présente, délicieuse demoiselle. Je suis l'humble Hitsui, je suis chargé de veiller sur nos glorieux combattants et particulièrement sur le grand Takano. Ce serait un honneur pour moi de lui remettre votre charmant présent.

— Je dois le lui donner en main propre.

— C'est effroyablement et définitivement impossible, délicieuse demoiselle.

Avec sa barre de sourcils, le visage

de Hitsui ressemblait maintenant à un panneau de sens interdit.

— Je me permets d'insister.

— Ma désolation n'en sera que plus grande, délicieuse demoiselle.

Stella et Hondo se regardèrent. Ils étaient d'accord. Ce Hitsui mettait trop de mots dans ses phrases pour être honnête. Mais sans lui, ce serait impossible. Il ne fallait pas compter sur l'aide du portier. Il avait déjà disparu sous son comptoir.

— C'est très gentil de votre part, monsieur Hitsui, de vous charger de ce mes-

sage pour Takano. Nous attendons la réponse ici.

— Je crains que l'attente ne soit très très longue.

— Ce n'est pas grave, notre patience est très très très grande.

Si Stella et Hitsui commençaient à faire un concours de longueur de phrases, Hondo pouvait se mettre à compter les poissons tropicaux de l'aquarium. Mais Hitsui revint presque tout de suite, la mine faussement désolée.

— Mon âme saigne, mais la réponse de Takano a la limpidité du cristal.

Hitsui remit l'étui de laque à Stella. Elle l'ouvrit. À l'intérieur, la tablette de mémoire était brisée en deux. Le cœur de Hondo se serra. Il pensait à Musique qui les attendait là-haut, sur son balcon. Cette fois, rien ne l'empêcherait de voler jusqu'aux deux clochers de l'église. Ce n'était pas possible. Ce Hitsui mentait.

— Je suis infiniment meurtri pour vous, mais je dois vous demander de vous retirer.

Stella et Hondo se regardèrent. Ils

étaient d'accord. Il fallait l'attraper par le cou, ce Hitsui, lui arracher les sourcils, poil par poil, le pendre par les pieds, et le secouer jusqu'à ce que la vérité tombe de sa bouche, comme les économies de la fente d'une tirelire.

— Nous vous comprenons. Ce n'est pas très grave. C'était juste un service qu'une amie nous avait demandé. Nous vous remercions pour votre aide, monsieur Hitsui.

Hondo se tapa sur les joues pour être certain qu'il ne rêvait pas et qu'il avait bien entendu... *Nous vous remercions pour votre aide, monsieur Hitsui*... C'est bien ce que Stella venait de dire, au lieu d'écorcher vive cette chose visqueuse ! Pourtant, ils s'étaient regardés dans les yeux tous les deux ! Hondo était certain d'y avoir lu ce qu'il avait lu. Et voilà que maintenant Stella l'entraînait hors de l'hôtel sans emporter le scalp de ce Hitsui. Si on ne peut plus croire ce qu'on lit dans les yeux, ce n'est plus la peine d'en avoir. Il vaut mieux être une vieille taupe toute noire et faire des trous dans les pelouses des gens qui ont une maison à la campagne.

— Viens donc, au lieu de bougonner.

Stella l'avait tiré sans un mot jusqu'à la camionnette de Musique... *Nous vous remercions pour votre aide, monsieur Hitsui...* Il ne monterait pas avec elle. Il repartirait à pied. Ne rentrerait jamais chez lui. Il aurait trop honte.

Il allait lui dire, à Stella, même si elle était l'idole des enfants de toute la planète. Il allait lui dire que ce n'était pas bien ce qu'elle faisait, qu'il avait confiance en elle, mais que maintenant c'était fini. Il allait lui dire, mais Stella parla la première. Elle ne parla pas, elle hurla :

— Ahhhhhhhhhhhhh !

Un long cri avec plus de consonnes que de voyelles.

— Ahhhhhhhhhhhhhh ! Je n'ai jamais vu un être plus vil, plus menteur, plus fourbe, plus couard, plus torve, plus pleutre que ce Hitsui. C'est un...

Il y eut une longue phrase avec plein de mots, mais ceux-là, Hondo les aimait. C'était exactement ce qu'il pensait avec des épithètes qu'il ne connaissait pas, mais qu'il avait eu le temps de noter dans sa tête.

— Pour endormir la méfiance de Hitsui, il ne fallait rien montrer à ce gougnafier.

« Gougnafier », Hondo aimait bien ce mot-là. Il lui faisait penser à un vieil arbre tordu avec de gros fruits déjà trop mûrs. Une sorte de figuier avec des poires blettes. Mais comment s'appelleraient les fruits du gougnafier ?

— Viens Hondo, on va faire le tour de l'hôtel. Il y a forcément un autre moyen d'entrer.

Stella devait être un peu yuruba, elle aussi. Ils tournèrent. L'hôtel était comme un œuf. Pas la moindre fissure dans la coquille. Ni porte, ni fenêtre, ni même de soupirail accessible. Hondo décida de demander un peu d'aide à la lune. La lune était sa copine, surtout quand elle était ronde...

— Juste un petit coup de main pour Musique et Takano. Même minuscule.

Hondo implora la lune et vit une corniche. Il la montra à Stella.

— C'est beaucoup trop haut pour nous.

— Pour nous, mais pas pour la camionnette.

— Hondo, tu es géant !

Stella lui fit un baiser appuyé sur la joue. Ça valait la peine d'être géant. Stella avait déjà sauté au volant et manœuvrait pour amener l'arrière de la camionnette juste à l'aplomb de la corniche. Elle roula au passage sur un massif de bégonias, d'hortensias, de camélias ou de quelque chose d'autre en « a », mais dans la nuit on ne pouvait pas reconnaître.

— Tu crois que la vitre va résister ?

Musique avait dit « incassable ». On verrait bien si le mot correspondait. Hondo grimpa sur le capot et le toit de la camionnette. Il se retrouva au bord de l'aquarium et avança la pointe du pied délicatement.

— Fais bien attention.

On voyait bien que Stella ne l'avait pas vu descendre de sa chambre par la gouttière, en pleine nuit et somnambule. Debout sur la vitre de l'aquarium, Hondo avait l'impression de marcher sur le canal quand il est gelé. Si la glace cède, au moins, tu ne te noieras pas. Mais la glace ne céda pas. « Incassable » était un mot très solide. Un dernier appui, et hop ! sur la corniche et la terrasse. Heureusement, le carreau de la porte-fenêtre n'était pas incassable. Clinc ! Bing ! Stella le rejoignit.

— Tu sais comment ça s'appelle ce que tu viens de faire ?

— Une effraction. Articles 56 et 57 du code.

— Comment tu sais ça ?

— Mon père me lit son gros code rouge, parfois, le soir, pour m'endormir.

En vrai, son père lui lisait surtout de très belles histoires de tous les pays et en inventait de plus belles encore. Mais ça, c'était un secret entre eux deux. L'effraction aussi resterait un secret. Car son père disait que, quand les histoires sortent des livres et que les bêtises sortent du code, on ne sait pas jusqu'où ça peut aller.

Hondo, lui, le savait. Ça pouvait aller jusque dans un couloir d'hôtel.

Hondo et Stella venaient de déboucher dans un couloir vide très éclairé couleur saumon de la Baltique... Premier étage, disait le panneau.

— On ne connaît pas le numéro de la chambre de Takano.

— Le monsieur en bas a dit 54.

— Ça doit être au cinquième. On va prendre l'escalier, pour éviter de tomber sur Hitsui…

Cinquième étage. Le couloir était bleu pétrole. Un serveur passa. Il portait un plateau avec deux cloches chromées comme celles des magiciens. De l'une, il allait sortir une colombe, et de l'autre… Takano. Il n'y aurait plus à le chercher. Mais le serveur n'essaya même pas de réussir son tour de magie et disparut.

— Comment on va faire, maintenant ?

— On va jouer les clients qui retournent à leur chambre, je suis ta mère, tu es mon fils. On se ressemble, non ?

Ils rirent. On se ressemble toujours un peu quand on rit. Ils avancèrent dans le couloir « comme des clients »… 48… 50… 52… une dame arrivait avec des serviettes de toilette propres dans les bras. Hondo s'arrêta et fit signe à Stella de continuer toute seule.

— Qu'est-ce que tu fais là, mon petit bonhomme ?

Hondo montra la porte n° 54.

— Ah, ta maman t'a envoyé chercher

quelque chose dans votre chambre, et tu as oublié la clef.

Hondo fit ses yeux de cocker triste et baissa la tête. Clac ! C'était le bruit de la serrure.

— Allez, je t'attends ici.

— Ce n'est pas la peine. Je ne voudrais pas vous déranger…

— Si, si ! Ça ne me dérange pas du tout.

Dommage, les ruses de guerrier yuruba ne pouvaient pas marcher à tous les coups.

— Alors, mademoiselle, ces serviettes, elles viennent ?

Un monsieur en peignoir et en chaussons Ibis rouspétait dans le couloir. Justement, « couloir » rimait avec hasard. Presque.

— J'arrive, monsieur ! J'arrive !

La dame aux serviettes laissa Hondo. Encore merci, monsieur le Hasard ! Hondo se demanda pourquoi le hasard serait un monsieur plutôt qu'une dame ? Il entra dans la chambre. Elle était vide et sombre. On distinguait une natte en paille roulée contre un mur.

— Drôle de décor pour un hôtel ! Et

bravo Hondo, pour ton coup de l'enfant perdu.

Stella s'était glissée derrière lui dans la chambre.

— Chut !

Hondo lui montra une porte entrouverte et un rai de lumière qui venait presque jusqu'à leurs pieds. Ils s'approchèrent. Le cœur de Hondo se mit à battre comme les ailes d'un papillon contre une ampoule. Ça brûlait à l'intérieur. Son cœur savait toujours avant lui que quelque chose allait arriver. Stella et Hondo glissèrent un œil par l'entrebâillement... Hitsui !... C'était lui dans la pièce d'à côté. Il fouillait un coffret rouge rempli d'objets. Hondo aurait bien voulu prendre le papillon dans ses mains et le calmer, mais son cœur s'affolait. Que faisait Hitsui dans la chambre de Takano ? Si cet affreux sourcilleux les trouvait là, il les ferait chasser de l'hôtel et ils ne pourraient jamais rencontrer Takano.

Stella montra la sortie. C'était plus sage.

— On n'est pas plus avancés, maintenant.

— Si ! on sait que Takano n'est pas là. Musique a dit qu'avant le combat il était au gymnase ou à la salle de recueillement.

Dans le couloir, ils croisèrent la dame aux serviettes propres.

— Ah, tu as retrouvé ta maman, mon petit bonhomme ! Ça va mieux, hein ?

— Je vous remercie beaucoup de lui avoir ouvert la porte.

— C'est normal.

— Dites-moi, mon fils est déçu, on m'avait dit qu'il y avait dans l'hôtel de ces... gros catcheurs... Vous savez ?

— Les sumotoris ? Il y en a un peu partout : à la salle de massage de cet étage pour ceux qui sont éliminés, ou au deuxième pour les qualifiés de la finale. Ils attendent dans une sorte d'endroit spécial avant de partir à Bercy. Mais on ne peut pas les déranger.

— Tant pis, ce sera pour une autre fois.

— Tu n'es pas trop déçu, mon bonhomme ?

Hondo secoua la tête aussi tristement qu'il le put, mais il avait beaucoup de mal à ne pas montrer sa joie. À l'intérieur son cœur sautait comme du popcorn. Ils savaient où était Takano ! Stella et Hondo se précipitèrent dans l'escalier au moment où Hitsui sortait de la chambre n° 54.

— Tu crois qu'il va au même endroit que nous ?

— Je le crains !

Ils dégringolèrent les marches quatre à quatre, huit à huit et seize à seize. Deuxième ! Le couloir était vert prairie. Bonne idée, une teinte par étage, ça éviterait à Jo de se perdre pour rentrer chez lui. Ou, au moins, il se perdrait en couleur.

— Regarde !

Hondo resta pétrifié. Deux gardes en tenue de samouras, avec des sabres plus hauts que lui, gardaient l'entrée d'une double porte. Il y avait une jolie inscription en japonais au-dessus qui voulait sûrement dire : salle de recueillement.

— Inutile de discuter, on sera découpés en rondelles avant d'avoir fini de poser notre question.

Gling ! L'ascenseur arriva à l'étage. Hitsui en descendit avec la barre de sourcils encore plus raide. Stella et

Hondo se cachèrent derrière une plante verte. *Dieffenbachia ornementus*. C'était marqué sur une petite étiquette. Ce serait bien si toutes les choses avaient des étiquettes. On ne chercherait plus ses mots.

— Hondo, c'est le moment de montrer que tu es le champion du monde de corniche.

Stella et Hondo ressortirent par où ils étaient venus. Le premier étage était toujours saumon fumé de la Baltique et personne n'avait remarqué le carreau cassé. Pour cette escalade, il ne fallait pas seulement être champion du monde de corniche, mais aussi être expert en gouttière, spécialiste en rebord de fenêtre et amateur de bacs à fleurs. Il n'y avait pas d'étiquettes sur ceux-là. Hondo ne reconnut pas.

— Fais très attention !

Hondo aimait bien que Stella craigne pour lui. Il aurait bien fait semblant de glisser un peu pour qu'elle ait peur, mais il n'était pas sûr de ne pas tomber pour de vrai. Il avança à quatre pattes sur le rebord en ciment. Ne regarde pas en bas, sinon tu vas t'apercevoir que la ter-

re tourne beaucoup plus vite qu'on le dit. Ça s'appelle le vertige.

— Si tu ne te sens pas bien redescends !

Hondo se sentait parfaitement bien, sauf peut-être l'estomac retourné, la pomme d'Adam coincée, la langue sèche et la nuque raide. À part ça… Ouf ! Ça y était ! Il avait atteint la fenêtre.

De l'autre côté de la vitre, il reconnut Takano.

Il était seul comme les sept autres sumotoris, isolé dans une petite cellule. Takano portait un simple kimono blanc et restait immobile, debout, la tête baissée, encore plus grand et fort que sur la photographie. Hondo cogna au carreau pour attirer son attention. Takano ne broncha pas. Il tapa plus fort. Rien.

— Qu'est-ce qui se passe ?

— Takano ne m'entend pas.

— Continue d'essayer. Je viens d'avoir une idée. Je reviens !

Stella disparut. Elle le laissait là, tout seul sur un rebord de fenêtre de dix centimètres de large à au moins trente mètres de hauteur au-dessus du vide ! Tout ça, pour une idée ! Quelle idée ?

La seule bonne idée, ce serait deux parachutes pour lui. Un dorsal et un ventral.

Hondo gratta au carreau. Takano releva la tête et le vit. Son regard était noir comme... Hondo ne trouva rien d'aussi noir dans sa mémoire. Tant pis, c'était vraiment très noir. Hondo serait tombé de frayeur de ses trente mètres de haut s'il n'avait été un courageux guerrier yuruba. Takano continuait de le gronder des yeux. Et il grondait fort. Comment un misérable moustique derrière une vitre pouvait-il oser le déranger pendant son recueillement ? Et Stella qui l'avait abandonné !

Il fallait trouver une idée. C'était ça ou une chute de cinquante mètres. Hondo dégagea le petit étui de laque qu'il portait à son cou et le colla contre la vitre. Takano regardait, courroucé, puis intrigué, et soudain ses yeux devinrent d'un noir doux de fusain. Takano sourit du bout des yeux. Il ouvrit la fenêtre, attrapa Hondo d'une main et le souleva dans les airs... Hondo, l'enfant-plume le plus léger du monde !... Il le fit atterrir en grognant doucement. Ses yeux étaient redevenus pleins de soucis.

— Il est arrivé quelque chose à Musique ?

Incroyable ! Hondo comprenait le japonais parfaitement.

— Qui t'a donné ça ?

Hondo fut déçu. C'était Takano qui parlait parfaitement le français. Tant pis, ça revenait au même.

— C'est elle qui m'a demandé de vous l'apporter.

— Où est-elle ? Que fait-elle ? Comment va-t-elle ? Elle est malade ? C'est grave ?

Dans sa méthode d'apprentissage du français, Takano avait dû réviser la leçon sur les questions. Hondo répondit à toutes dans l'ordre... Oui, c'était grave, pour son amie... Elle était inquiète pour lui.

— Pour moi ?

Takano ne comprenait pas. Il n'avait plus reçu de nouvelles de Musique depuis huit mois et dix-sept jours. Hondo était certain que Takano aurait pu dire les heures, les minutes et même les secondes. Être amoureux quand on est grand, ça doit mettre un joli coucou suisse dans le cœur avec un petit oiseau qui chante chaque fois qu'on est heureux. Hondo s'entraînait à écrire de jolies phrases dans sa tête, pour s'en servir en rédaction le jour où par malheur il irait à l'école. Mais là, ça ne chantait pas dans le cœur de Takano. Il grognait fort.

— Je ne comprends pas ce qui s'est passé. J'ai encore tous les objets que Musique m'a envoyés.

— Dans un coffret rouge ?

— Comment tu sais ça, toi ?

On frappa à la porte, ça évita une explication à Hondo.

— Takano, c'est Hitsui, il faut te préparer, les combats approchent.

Takano grogna avec agacement. Hitsui insista.

— La finale est dans quarante-cinq minutes, tu devrais retourner t'échauffer.

Cette fois Takano grogna méchamment. Il avait l'air bien échauffé.

— D'accord ! D'accord ! Comme tu voudras, je t'attends ici.

Takano grogna calmement. Hondo

était étonné de tout ce qu'on pouvait dire, rien qu'en grognant. Il faudrait qu'il s'entraîne. On doit faire moins de fautes dans ses phrases.

— Monsieur Takano, il faut aller dire tout ça à Musique.

— Impossible de sortir d'ici, Hitsui garde la porte. Si je quittais l'hôtel, il aurait tôt fait de me faire disqualifier pour la finale. Il n'attend que ça.

— Mais pourquoi ?

— À cause de Musique.

Hondo ouvrit des yeux ronds comme des CD.

— Hitsui ne l'aime pas. Il trouvait qu'elle était un mauvais exemple pour les autres sumotoris.

Les yeux de Hondo étaient maintenant grands comme des 45 tours.

— Pour Hitsui, Musique n'est pas de chez nous.

Hondo ne savait pas s'il aimait l'expression « chez nous ». Des fois oui. Des fois non. C'est bizarre comme on peut se fâcher avec une expression parfois.

— Il y avait aussi d'autres intérêts, des intérêts financiers. Hitsui avait peur que j'ouvre ma propre école de sumo.

Hondo se serait inscrit le premier. Il aurait mangé des crèmes brûlées par milliers pour peser deux cent trente kilos. L'ascenseur de son immeuble serait devenu trop petit pour lui. Heureusement, il habitait au premier étage.

— Hitsui craignait encore plus que je reste à Paris avec Musique et que je monte une organisation concurrente à la sienne pour les tournois.

« Âpre au gain » rime avec « requin » et Hitsui avec...

— Tu sais, il y a encore bien d'autres raisons pour que Hitsui n'aime pas Musique. Mais ce sont des histoires de grands.

Hondo pensa au coffret rouge. C'était peut-être une histoire de grands, mais un petit pouvait comprendre. Et le petit comprenait qu'il valait mieux ne pas en parler à Takano. Sinon, le grand Takano ferait au petit Hitsui exactement ce que Stella et lui rêvaient de lui faire... plus ses deux cent trente kilos de colère. Stella serait d'accord. On ne dirait rien à Takano.

Stella ! Mais qu'est-ce qu'elle était

devenue, Stella ? Cette Stella qui l'avait abandonné pour une idée, paraît-il. Mon œil !

Justement, l'idée était dans son œil.

Plutôt les jambes de l'idée.

Hondo venait de reconnaître les jambes de Stella qui apparaissaient en haut de la fenêtre. Stella descendait du ciel ! Takano grogna d'étonnement. Hondo ouvrit.

— Qu'est-ce que tu penses de mon carrosse ?

Stella était assise dans la nacelle du laveur de carreaux avec le monsieur de la réception debout au garde-à-vous comme un capitaine de sous-marin.

— Heureusement que monsieur Foulam a bien voulu m'aider.

— C'est un honneur pour moi. J'ai tellement honte de vous avoir abandonnés tout à l'heure.

Hondo voyait que Stella et le monsieur avaient eu le temps de faire connaissance en descendant les six étages.

— Stella, je te présente Takano.

— J'avais deviné, tu sais.

Takano et Stella se firent de jolies salutations. Mais on était pressés.

— Allez, on embarque !

— C'est impossible, mademoiselle. Hitsui va s'apercevoir que je suis parti.

C'était pire que les poupées russes ! Chaque fois qu'on résolvait un problème, on en découvrait un autre en dessous. On se regardait, désolés. Soudain Hondo sourit. Il s'adressa à monsieur Foulam avec un petit sourire coquin.

— Vous savez grogner ?

Monsieur Foulam fixait Hondo avec une mine ahurie difficile à déchiffrer.

— Pardon ?

— Est-ce que vous savez grogner ? Monsieur Takano va vous montrer.

Takano donna une leçon de grognement à monsieur Foulam. C'était un élève très très doué. Hitsui s'y tromperait. Au moins un moment.

7. Le combat

En deux voyages de nacelle, quatre-vingts kilos au premier et deux cent trente au second, Stella, Hondo et Takano étaient sur le plancher des vaches. Hondo n'avait jamais compris cette expression puisque c'est rare de voir une vache brouter sur un plancher. Pas le temps de chercher. Stella au volant, Hondo en passager et l'aquarium entier pour Takano. Le temps pressait. Direction le XIXe arrondissement, la tour blanche, le dixième étage... Toc ! Toc ! Toc !... On serait chez Musique. Il fallait être revenus avant le début des combats de la finale.,

Le temps pressait encore plus maintenant, car venait de surgir de la rue Pommard une boule de nerfs toute jaune. C'était Marc au volant de sa Venturi coupé sport. Il avait retrouvé ses clefs de contact, mais pas son calme. Tout congestionné, il gesticulait comme pour imiter un gyrophare. C'était très ressemblant d'ailleurs.

— Attends, Stella, il faut qu'on parle !

Ce n'était pas le moment de parler. Musique n'avait pas le temps d'attendre. Stella démarra en trombe. Elle grilla le passage de Marc. Il pila. L'aquarium à roulettes s'engagea le long du parc de Bercy. Ça chahutait sur le pavé. L'autoradio se déclencha. Encore de l'accordéon ! Hondo tripota des boutons pour l'éteindre. Il ne fit qu'allumer la cage de verre et mit en marche le plateau tournant de démonstration. Stella était accrochée au volant, Hondo à sa ceinture et Takano à rien. Il semblait planté dans le sol comme un bonsaï géant et tournait sur lui-même comme une petite danseuse sur un miroir.

Marc prit le sillage de Stella et la rattrapa sur les quais. Il klaxonnait façon mariage. D'ailleurs ça ressemblait à un mariage avec cortège, le long de la Seine, voiture rose, voiture jaune, garçon d'honneur et une étrange mariée de deux cent trente kilos en kimono blanc dans une cage en verre, poursuivie par son futur mari qui avait l'air impatient. Tout le monde jouait du Klaxon sur leur passage. Ce serait une belle cérémonie !

Takano allait avoir le mal de mer à force de tourner comme ça sur lui-même. Hondo continuait à tripoter les boutons du tableau de bord au hasard. Il y en avait de plus en plus. C'était pis que la rubéole !... C'est quoi, ce gros vert... ? Il l'enfonça... *Promise ! Promises !...* La voix de Musique descendit du ciel... *Promise ! Promises ! Des robes de mariée à votre guise...* C'était le haut-parleur de la camionnette qu'Hondo venait de déclencher. Il tonnait. Takano riait. Stella écrasait l'accélérateur et Hondo pianotait sur le tableau de bord comme un virtuose. Il poussa un levier et... miracle !

La tour blanche !

Elle apparut dans la tempête comme un phare au bord du canal.

On était sauvés !

Pas du tout.

Le petit bolide teigneux et jaune de Marc était resté accroché derrière eux.

— Stella, et si Marc nous rattrape, qu'est-ce qu'on va faire ?

— On verra bien !

Hondo aimait bien cette formule. On dit qu'on verra bien, mais on ne voit rien et à la fin on voit. C'était compliqué, mais il fallait l'excuser avec toutes ces émotions, cette cavalcade, cet accordéon, et ce haut-parleur qui continuait à ameuter tout le quartier.

La camionnette pila devant l'entrée de la tour blanche. Hondo et Stella descendirent de la camionnette, et Takano sortit de l'aquarium.

— Si vous voulez, mademoiselle Stella, je peux arrêter ce jeune homme.

— Heu... non... c'est très gentil, monsieur Takano, mais vous pourriez me l'abîmer.

— J'aurais fait attention, vous savez.

— Non... vraiment... c'est très gentil. On va faire comme on a dit.

Ils coururent vers l'entrée. Takano aurait pu être champion du monde de montée de perron. Marc arriva derrière eux. Trop tard ! Ils avaient pris toute la place dans le petit ascenseur. Le grand était en panne comme d'habitude. Hondo cachait de sa main l'étiquette qui disait 175 kilos maximum... C'est toujours plus fort que ça ne le dit, un ascenseur.

— Stella ! Il faut qu'on parle !

Marc tapait de rage sur la porte. La cabine dut avoir peur. Elle monta encore plus vite que d'habitude au dixième étage. Sur le palier, devant la porte de Musique, Stella, Hondo et Takano restèrent un instant pétrifiés. Et si Musique ne les avait pas attendus ? Et si elle avait voulu voler dans le vide vers les deux clochers ? Dans la cage d'escalier on entendait Marc monter en soufflant... « Arrête, Stella, il faut qu'on parle !... » Hondo s'approcha de la porte. Elle n'était pas fermée. Ce n'était pas normal. Le papillon dans sa poitrine s'affola. Il entra. Stella et Takano le suivirent. L'appartement était dans une obscurité étrange à la douce odeur de brûlé. On distinguait au fond une forte lueur. Il y avait le feu chez Musique !

Ils avancèrent. Hondo avait l'impression qu'à chaque instant une chauve-souris pouvait se prendre dans ses cheveux.

Tout à coup, la lueur explosa.

Dix ! cent ! mille bougies !

Dix ! cent ! mille bougies disposées sur le sol. Elles éclairaient la plus belle scène du monde. Musique était assise sur son trône d'osier. Elle portait un kimono de cérémonie d'un blanc qui semblait entièrement tissé avec le reflet des flammes. Son visage était peint dans une porcelaine doucement rosie aux joues et ses yeux brillaient de la plus vive de toutes les flammes.

Hondo, Stella et Takano firent oh ! avec la bouche. Un joli « o » qui aurait retiré son chapeau circonflexe pour saluer la belle dame qui passe. Marc arriva en courant, essoufflé et cramoisi... « Stella, il faut... » Il resta saisi sur place, tout honteux d'oser élever la voix.

Takano alla vers Musique. Ils se saluèrent avec des gestes rien qu'à eux, se retrouvèrent avec des yeux rien qu'à eux et se racontèrent avec des mots rien qu'à eux. Tout simplement. Hondo,

Stella et Marc se détournèrent et regardèrent par la fenêtre du balcon. On aurait dit que les paulownias devant l'église avaient refleuri juste pour un instant.

Il fallut bien parler.

Alors Takano grogna.

Hondo pensa à ce pauvre monsieur Foulam qui devait en être à son quinzième grognement au moins. Takano grogna de nouveau.

— Ce Hitsui est un scélérat. Il a voulu nous séparer. Je ne retournerai pas combattre pour lui.

Il y eut un joli silence. On entendait les flammes des bougies grésiller.

— Ce serait lui offrir sa plus belle victoire.

On ne sut même pas qui avait prononcé cette phrase. Tout le monde l'avait pensée et quelqu'un l'avait dite. Musique et Takano se regardèrent.

— Va !

Takano salua Musique et mit son énorme masse en mouvement. On aurait dit qu'il traversait les espaces. L'appartement, l'escalier, le hall...

— Monsieur, je peux vous emmener dans ma voiture.

Marc trottinait derrière Takano pour se faire pardonner.

— On ira beaucoup plus vite, vous savez !

Il ne restait plus qu'un quart d'heure avant la grande finale. Hitsui s'était peut-être déjà rendu compte du subterfuge. Ce mot faisait penser Hondo à « vermifuge »... Un subterfuge, c'est un vermifuge qui sert à faire passer une ruse... Tu es content de toi ? Tu crois que c'est le moment de fabriquer des phrases dans ta petite tête ?

Takano s'était installé dans la voiture de Marc. Il s'était plutôt installé dessus ! On ne voyait plus Marc au volant, ni rien d'autre d'ailleurs. On ne voyait qu'un formidable lutteur de sumo qui semblait se déplacer à deux cents à l'heure sur un coussin d'air en pleine nuit dans Paris. Cette fois, Jo, Édito et Faussette avaient laissé passer le bolide jaune. Faussette dessinait la scène, Édito imaginait le titre qu'on pourrait faire et Jo s'était perdu quelque part sur le quai entre le banc et le réverbère.

— On vous rejoint à Bercy dans la camionnette !

Hondo, Stella et Musique avaient à peine dit ça que Marc et Takano arrivaient à l'hôtel Ibis. Marc fut stupéfait de voir Takano monter au deuxième étage par la gouttière comme un gros chat en kimono. Dans la chambre de recueillement, monsieur Foulam grognait. Il n'avait presque plus de voix.

— Takano, c'est la dernière fois que je te le répète, si tu ne sors pas immédiatement tu seras disqualifié.

Takano fit un clin d'œil de remerciement à monsieur Foulam qui se réfugia tout heureux dans la nacelle du laveur de carreaux.

— Takano, je compte jusqu'à trois, et j'ouvre cette porte. D'ailleurs, je sais que tu n'es pas Takano. Ce n'est pas sa voix. Tu es un imposteur ! Attention, un !... deux !...

À trois, Takano ouvrit violemment la porte. Hitsui fut projeté à plat ventre dans la pièce.

— Je ne suis pas Takano ? Alors qui je suis ? Qui est l'imposteur ici ?

Dans la nacelle, monsieur Foulam

grogna. Ça voulait dire : bien fait pour toi, espèce de vieille chose infâme ! Monsieur Foulam avait fait de gros progrès en grognement. Devant Takano, Hitsui se pliait et dépliait en mille courbettes molles.

— J'ai cru... Je te demande pardon, immense Takano...

— Cesse de faire le Yo-Yo ! Je veux simplement que tu remettes dans mon coffret rouge tout ce qui manque et que tu as volé.

Hitsui n'osa pas relever la tête. Takano partit. Les combats de la grande finale commençaient dans cinq minutes.

Mais il n'y eut pas de combats.

Mais il n'y eut pas de finale.

Takano bouscula tous ses adversaires hors du cercle. Aucun ne put lui résister. On n'avait jamais vu une telle montagne de force souriante, un tel ouragan de calme. Les douze mille spectateurs de Bercy scandaient... Ta-ka-no !... Ta-ka-no !... Le sol semblait trembler sous son nom.

Vint le moment de lui remettre le tro-

phée. Le noir se fit dans l'immense salle. Seule l'aire de combat était éclairée.

Takano cherchait Musique des yeux.

Elle n'était pas là.

Un peu à l'écart dans les coulisses, Stella et Marc, l'un contre l'autre, regardaient sans rien dire... « Il faudra qu'on parle !... » avait prévenu Stella. Marc avait seulement répondu... « Je t'ai écrit une chanson pour le final. Elle racontera l'histoire de Musique et Takano et un peu la nôtre aussi... » Hitsui trépignait de rage quelque part sous les gradins, Jo avait réussi à se perdre sur un siège numéroté, Édito en avait oublié de prendre des notes et Faussette essayait de dessiner de la bonne teinte ces moments de silence. Hondo était heureux pour son amie et se demandait combien de crèmes brûlées il devrait manger pour devenir un vrai lutteur de sumo de deux cent trente kilos. Il commencerait dès ce soir. Il avait laissé un mot au perroquet pour qu'il prévienne son père de lui trouver un lit plus large.

Le grand gong de bronze sonna. Il y eut soudain un murmure parmi la foule. Un frémissement. Et on vit la silhouette blanche de Musique entrer dans le cercle de lumière et marcher au-devant de Takano. Il y eut dans la salle un silence que Faussette mettrait longtemps à savoir dessiner de la bonne couleur. Musique était parée comme un rêve de princesse. Takano vint à elle. Il portait sur un coussin de velours bleu une ceinture de soie tissée qu'il présenta à Musique. Elle s'inclina pour dire qu'elle acceptait. Takano la noua autour de la taille de Musique. Il fit le nœud le plus tendre.

Celui que rien ne peut jamais desserrer.

C'est quoi, le Sumo ?

Le sumo est une lutte japonaise très ancienne. Les combats (Torikumi) sont une véritable cérémonie. Ils se déroulent dans une arène circulaire (Dohyô). Pour gagner, les lutteurs (Sumotori) doivent faire toucher le sol à leur adversaire ou bien le repousser hors du cercle. Attention, ils ne peuvent utiliser qu'une ou plusieurs des 48 prises autorisées (Kimarité).

Grâce à une alimentation spéciale, les Sumotoris pèsent souvent plus de 200 kilos ! Ils appartiennent toujours à une école (Heya) souvent dirigée par un ancien Yokozuna (grand champion).

Les Sumotoris combattent torse et pieds nus. Ils portent une épaisse ceinture de soie (Mawashi) et une coiffure ancienne (ô-ichô-mage).

Les combats de sumotoris sont très populaires au Japon où les grands champions deviennent de véritables demi-dieux.

Alors, si, toi aussi tu veux être un jour, un vrai Sumotori, il faut commencer tout de suite à t'entraîner et manger beaucoup de crèmes brûlées.

Table des matières

Cet
ouvrage,
le cinq cent
quatre-vingt-deuxième
de la collection
CASTOR POCHE,
a été achevé d'imprimer
sur les presses de l'imprimerie
Maury Eurolivres
Manchecourt - France
en février 2005

Dépôt légal : mai 1998.
N° d'édition : 4410. Imprimé en France.
ISBN : 2-08-16-4410-X
ISSN : 0763-4544
Loi n° 49-956 du 16 juillet 1949
sur les publications destinées à la jeunesse